Jyun-ichiro Izumida & Ryoko Yakusiji

クレオパトラの葬送

薬師寺涼子の怪奇事件簿

田中芳樹

講談社ノベルス

KODANSHA NOVELS

ブックデザイン＝熊谷博人
カバーイラストレーション＝垣野内成美
本文イラストレーション＝垣野内成美

目次

第一章　ドラよけお涼航海記

I

東京と横浜の灯がかさなりあいつつ遠ざかっていく。光の雲だ。その上に黄昏《たそがれ》が巨大な翼を投げかけている。上へいくほど空は色濃さを増し、幾層もの色彩の円蓋《ドーム》がメガロポリスをおおっていた。視線を下へ向けると、黄金色と白銀色にゆらめく東京湾の波を、巨船の航跡が二つに割っているのが見える。

香港《ホンコン》へ向かう豪華客船「クレオパトラ八世号」の広々とした後部甲板《デッキ》に、私はたたずんでいた。私の名は泉田準一郎《いずみだじゅんいちろう》。警視庁刑事部参事官室につとめる警部補である。その私がなぜ豪華客船などに乗りこんでいるかというと……。

「泉田クン、なに不景気な表情《かお》してるのよ。絶世の美女といっしょに豪華客船の旅。ユーウツになるシチュエーションじゃないでしょ」

振り向くまでもなく声の主はわかっていたが、だからといって振り向かないわけにはいかなかった。だから私はそうした。

三メートルほど離れてデッキにたたずんでいるのは、私の三三年の人生で出会った最高最上の美女だ。短い茶色の髪が東京湾の潮風に揺れている。白《はく》磁《じ》の肌に細く筋《すじ》のとおった形のいい隆《たか》い鼻、生々《いきいき》とかがやく瞳、淡紅色《たんこうしょく》の端麗な唇。私ごときの描写力ではとても表現できない。ミラノ・ファッションのスプリングコートの裾からのぞく脚の線にも、非の打ちどころがなかった。

彼女の名は薬師寺涼子《やくしじりょうこ》。二七歳にして警視の地位にあるキャリア警察官僚。現職は警視庁刑事部参事官で、つまり私の上司である。

薬師寺涼子の名を知らない人でも、「ドラよけお涼」と聞けば、たじろいで一歩しりぞく。「ドラよけ」とは「ドラキュラもよけて通る」という意味だ。彼女の赴《ゆ》くところ、常識や現代科学の通じない怪事件がつぎつぎと発生する。彼女はそれをきわめて強引《ごういん》かつ非民主的なやりくちで解決し、その後始《あとし》末《まつ》を警察組織に押しつけるのだ。上層部は彼女を、無慈悲な災厄《さいやく》の女王と見なしている。おおむね私も同感である。

ただ正体がどうであろうと、外見は傾国絶色《けいこくぜっしょく》、完全無欠な美女だから、黄昏のデッキにたたずんでいると、あわいオーラが虹色にたちこめるかと思われるほどだ。着ているのが、スプリングコートでなく、古代ギリシア風の衣装でも、深紅《しんく》のチャイナドレスでも、ハリウッド製SF映画式の銀色に光るボディスーツでも、それぞれ似あうことだろう。

彼女はハイヒールを鳴らして歩み寄り、私の横に立って早春の潮風を受けた。ほれぼれするような足さばきだ。

「なかなかの夜景ね」

「なかなかです。香港《ホンコン》にはおよばないかもしれませんが」

「四日後に比較してみるといいわよ。入港するとき」

「そうします」

「問題は、無事に入港できるかどうかだけどね。一億ドルの夜景を前にして無念の沈没をとげたりしてさ」

そうなったら原因はあなたですよ。心のなかで私はそういってみた。

「それにしても、こうつぎつぎと兇悪犯罪がおこると、ほんとに助かるわね。警察《こっち》ででっちあげる手間が省《はぶ》けてさ」

「またそういう不穏当《ふおんとう》なことを」

「あら、それじゃ、タイクツだから事件でもでっちあげるか、というほうが穏当なの？」

「そうはいってません。第一、私はタイクツなんかしてませんよ」

「だれのおかげ？」

「……………」

「正直にいってごらんなさいよ。だれのおかげでタイクツせずにすんでるの？」

「あなたのおかげです」

「真実を述《の》べるのに、何でそうイヤそうな表情《かお》するのよ」

「そう見えますか。あなたのタフさを羨望《せんぼう》しているだけなんですが」

「何いってんのよ。度量《どりょう》のせまい上司にはいじめられるし、理解のない部下には敬遠されるし、組織は硬直して息苦しいし……ああ、中間管理職なんてなるものじゃないわ。ストレスでお肌が荒れる一方」

透《す》きとおるように美しい艶《つや》やかな肌で、そんなことをいわれても、同意するのはむずかしい。

「刑事部長のほうこそストレスで毎週、国立病院に通ってるそうですが」

「何であいつにストレスがたまるのよ！　あたしがつぎつぎとオオテガラをたてて、全部あいつの功績にしてやってるのにさ。あいつが分不相応《ブンフソーオー》にも警視総監か警察庁長官にのしあがることができたら、あたしは大恩人じゃない？」

「のしあがる前に死ななければね」

「死ぬわけないでしょ。キャリア官僚とゴキブリはしぶといのよ。氷河期にだって生きのびるんだから」

そういう本人もキャリア官僚である。

このところ涼子は連戦連勝というか、あたるをさいわい、というか、大事件をたてつづけに解決して、彼女を敵視する（つまり警視庁の大部分の）人々をくやしがらせていた。

外務省キャリア官僚の、一〇億円にのぼる公金横領・詐欺事件。

多摩《たま》地区の青年実業家連盟の幹部たちによる集団

少女買春と、それにからむ殺人事件。

与党代議士の未成年の息子がおこした老夫婦轢《ひ》き逃げ致死《ちし》事件。

田園調布《でんえんちょうふ》の資産家一家五人の強盗殺人放火事件。

いずれもマスコミを熱狂させる大事件だったのだが、解決を発表する記者会見で、絶代《ぜつだい》の美貌をＴＶカメラにさらしながら、涼子は同席する刑事部長をほめたたえたものだ。

「刑事部長があたしみたいな弱輩《ジャクハイ》を信頼してまかせてくれたおかげです。ほんとうに感謝しております。理想の上司にめぐまれて、こんなにシアワセなことはございませんわ」

涼子の正体を知っている（思い知らされている）刑事部長は、笑顔を引きつらせていたが、マスコミの面前で絶讃されて、「ココロにもないことをいうな」とか「何をたくらんでるんだ」とか絶叫《ぜっきょう》するわけにもいかない。汗をふくふりをしてハンカチで顔を隠しながら、

「いやいや、こちらこそ、有能で熱心な部下を持ってシアワセです。メディアの皆さまには、今後とも国民の安全を守る警察の活動にご理解とご鞭撻《べんたつ》をいただきたい」

心にもないことをいってのけたのは、あっぱれキャリア官僚のホマレというべきだった。そのていどの演技もできないようでは、国家組織において栄達《えいたつ》をとげるのは不可能だろうけど。

数日して噂が流れた。刑事部長が警視総監に泣きつき、涼子をしばらく本庁から遠ざけるよう哀願したというのだ。というと、もっとも無難なのは出張なので、涼子がどこへいかされるか、ということになる。涼子は刑事部長に呼び出され、私をしたがえて部長室に乗りこんだ。これが二月半ばのことである。

Ⅱ

「ホセ・モリタを知っとるね？」

それが刑事部長の第一声だった。

「あのホセ・モリタですか？」

「そう、あのホセ・モリタだ」

「日本史上最大の詐欺師《さぎし》の？」

涼子の声に侮蔑《ぶべつ》のひびきがこもる。刑事部長は辛抱《しんぼう》づよく訂正した。

「ラ・パルマ共和国の大統領をつとめていたホセ・モリタだ」

ラ・パルマ共和国は南アメリカにある。国土面積・人口・経済力・軍事力いずれも中規模以下の国で、スペイン語圏に属し、明治時代以来、日本人の移民が多い。

ホセ・モリタは今年六〇歳だというが、五歳のとき両親につれられてラ・パルマ共和国に移住した。苦学《くがく》して医師となり、一代で同国でも屈指《くっし》の大病院を経営するようになったというから、りっぱなものだ。だが医業より政治に興味を持ちはじめ、国会議員に選ばれ、内務大臣を経《へ》て五〇歳でついにラ・パルマの大統領に就任した。ますますりっぱなものだ。

日本からの移民が大統領になったというので、日本政府は気前よくラ・パルマに援助金を出し、モリタ大統領はそれを支持者にばらまいて権力基盤をかためた。ラ・パルマでは大統領の任期は一期四年で、再選は認められていない。だがモリタは強引に憲法を変え、軍隊や警察を動員して反対派をおさえつけ、力ずくで再選をはたした。

このあたりから、すこしもりっぱでなくなったモリタは、日本からの援助金を着服《ちゃくふく》して私腹《しふく》を肥《こ》やし、反対派の大物を反逆罪で逮捕して獄中で暗殺し、批判する新聞を発禁《はっきん》にして記者たちを投獄した。あげくにさらに憲法を変えて三選をはたしたため、ついにラ・パルマ国民の不満が爆発し、暴動がおこった。軍隊がデモに対して発砲し、武器を持たない市民二〇名を殺害したので、国際世論が激しくモリタを指弾《しだん》した。

もともとモリタが大統領選挙に出馬したとき、「彼は日本国籍を持っているのに、それを隠してラ・パルマの大統領になろうとしているのではないか」という疑惑の声があった。モリタはそれを否定して、「自分は日系ラ・パルマ人だ。日本国籍など持っていない」と主張し、ラ・パルマ国民もそれを信じて彼を大統領に選出したのだ。

ところが、豪華な専用機でメキシコを経由して日本へ入国したモリタは突然、「自分は日本国籍を保有している。生まれたときから現在までずっと日本人だ」と主張し、そのまま日本にいすわってしまった。日本国籍があるのを隠し、ラ・パルマ国民をだまして大統領になったのだから、明々白々《めいめいはくはく》な詐欺行為である。ラ・パルマの新政府はモリタの大統領当選を無効にし、反対派に対する虐殺と公金横領の罪で引き渡すよう、日本政府に要求した。日本政府はその要求を拒絶し、モリタの滞在を公認している。

モリタが大統領を僭称《せんしょう》していた九年の間に、日本政府は合計八〇億ドルという巨額の援助金をラ・パルマ政府に供与《きょうよ》した。そのうち六五億ドルはいちおうきちんとダムや道路や学校や病院の建設に費《つか》われたらしい。だが残りの一五億ドルのうち、四億二〇〇〇万ドルはラ・パルマ国内のモリタの味方や子分どもが分配した。三億三〇〇〇万ドルは日本の政治家や官僚にばらまかれた。最後の七億五〇〇〇万ドルは、モリタ自身の懐《ふところ》におさまったのだ。平均して一年に八〇〇〇万ドル以上だから、うらやましい高収入である。

こうして巨大な資産をかかえたモリタは、日本政府の暗黙《あんもく》の保護のもと、超高級ホテルのスイートルームで安楽な生活を送っている。彼のもとには政治家、財界人、暴力団や宗教団体の幹部などが、さかんに出入りしているらしい。

「もし自分をラ・パルマの新政府に引き渡したりしたら、法廷で洗いざらいしゃべってやる。日本国民の血税《けつぜい》の産物である三億三〇〇〇万ドルを山分けした二〇〇人の政治家、官僚、財界人、文化人のリストを全世界に公開してやるぞ。それがイヤなら、自分に手を出すな」

モリタはそう日本政府を脅《おど》し、一部の支持者と、いまだにラ・パルマの独裁者に返り咲くべく画策《かくさく》しているということだった。

「……で、その詐欺師のモリタが首でも吊《つ》ったんですの？」

「モリタ前大統領は」

刑事部長は努力もあらわに涼子の暴言を無視してみせた。

「来月、香港へ渡航する」

これは私にとって初耳のことだった。

「文字どおりの渡航だ。というのも飛行機でなく客船に乗るからなんだ。横浜を出て香港までクルージングする豪華客船クレオパトラ八世号で……」

刑事部長は涼子の表情をうかがった。涼子が何もいわず、わずかに柳眉《りゅうび》をひそめただけなので、どうしたらよいか判断に迷ったらしい。他にとがめるべき相手もいないので、私に非難がましい目を向けた。迷惑な話だ。

やがて涼子があでやかな唇を開いた。

「豪華客船だなんて、詐欺師のくせにナマイキな。それで日本政府は、モリタの香港渡航を認めたんですの？」

「認めない理由はないからね」

「それはそうですね。そのまま帰ってこなければ、モリタの汚れた金銭《かね》にむらがった蛭《ひる》どもには好つごうなわけですし」

「君、すこし口をつつしみたまえ」

「あーら、何かおっしゃいました？」

「いや、何も……それでだな、モリタ前大統領は、義弟のツガ氏をつれて香港へ一時出国する。香港の銀行に口座《こうざ》があるのだが、本人が現地でサインしないと預金を引き出せないらしいのだ」

　涼子が私に視線を向けた。

「ツガってやつ、知ってる?」

「いちおう名前だけは」

　ツガは漢字だと「都賀」と書くらしい。モリタの妻の弟で、義兄が大統領になると、ツガは秘密警察長官に就任した。任務は、反政府ゲリラの掃滅《そうめつ》、野党の政治家たちの監視、それに言論弾圧である。

「ツガってやつは、若いころアメリカ陸軍の特殊部隊《グリーンベレー》にはいってた、というのがご自慢でね。とにかく力ずくで反対派をたたきつぶし、痛めつけるのがお得意だったのよ」

　そのあたりは涼子に似ている。ただしツガは涼子とちがい、権力を持った上位者に対して過剰《かじょう》に忠実だったようだ。自分自身の手で、獄中の政治犯を六人も射殺し、ラ・パルマ新政府は彼を殺人容疑で追及している。国際手配されれば、日本政府もツガはかばいきれないだろう。

「そこで薬師寺警視の任務だが」

　精いっぱい刑事部長は重々しい声をつくった。

「クレオパトラ号に乗りこみ、モリタ、ツガ両氏の動静を監視すること。政治面は公安部の管轄《かんかつ》だが、暴力団や麻薬組織、汚れた資金の洗浄《マネー・ロンダリング》などということになると刑事部《こちら》の任になる。香港総領事館に引きつぐまで、君が任にあたるのだ」

「わかりました」

「ほんとうにわかったのかね?」

　刑事部長の声は、不安と猜疑《さいぎ》とをカクテルして、破滅の予感を一滴たらしたかのようだった。

「ええ、よくわかりましたわ。船が公海上に出たところで、モリタとツガを抹殺《まっさつ》して死体を海に放りこむんですね。かくして、巨額の援助金に関する疑惑は永遠に葬《ほうむ》り去られ、日本政府も外務省も安泰。しかも警視庁は政治屋や官僚どもに恩を着せることができる。一石数鳥《いっせきすうちょう》。さすが世界一有能な警視庁ですわね」

涼子が得々《とくとく》として弁じたてる途中で、刑事部長はデスクに額《ひたい》をつけてしまった。ふと見ると、後頭部の髪がすっかり薄くなっている。新聞などにはダンディな中年紳士、都会的なエリート官僚として登場するが、こうして見ると心労《しんろう》をためこんだタダのおじさんである。

「いや、そうじゃなくてだな……」

ようやく顔をあげて、発する声も弱々しい。

「どうしてですの？　評判の悪いやつをふたりばかり消すだけで、みんなが幸福になれるのに。コトナカレ主義は将来に禍根《かこん》をのこすだけですわよ」

そのとき刑事部長の顔に奇妙な表情が浮かんだ。私は超能力者でも霊能者でもないが、刑事部長のタマシイの叫びをはっきりと聴《き》きとることができた。

「そうだとも！　評判の悪いお前を、ドラよけお涼を消してしまえば、みんながシアワセになれるんだ。もしそうできたら、どんなにオレの人生は明るくなることか……！」

私はコッパ役人根性を出して、涼子に声をかけた。

「警視、そろそろお時間が」

何のお時間だか、われながら拙劣《せつれつ》な演技だが、涼子も上司をいじめるのに飽《あ》きたらしい。すくなくとも、今回の奇妙な命令を蹴飛《けと》ばす気はなさそうだった。

「そうね、それじゃ失礼します、部長。重人な所用がございますので。オホホホホ」

部長の脳の血管が破裂する前に、涼子と私は部長室を出た。廊下を歩くと、すれちがう人々が涼子と視線をあわせないようにする。涼子のほうはまるで意に介《かい》しない。

「ま、こういうことになるとは思わなかったけど、モッケノサイワイとはこのこと。あたしのやりたいことを、やりたいようにやらせてもらうわ」

私は何もいわなかった。涼子が犠牲者《エモノ》を見つけたら、暴走するティラノザウルスも同様で、制止しても蹴散らされるだけである。黙ってオトモするしかないのだが、それにしても釈然《しゃくぜん》としなかった。「ドラよけお涼」の危険性を骨身にしみて思い知らされているはずの上層部《おえらがた》が、なぜまた原子炉に手榴弾《しゅりゅうだん》を放りこむようなマネを好んでするのだろう。近いうちに全人類が滅亡するというお告げでもあって、ヤケになったのだろうか。

「気に病《や》むことないわよ、泉田クン。上層部《やつら》のコンタンは見えすいてるから」

「私にはどうも見えません。説明してください」

「無料《ただ》で?」

「あなたの年収何十億ですか」

涼子はアジア最大の警備保障会社「JACES《ジャセス》」のオーナー社長のご令嬢であり、大株主なのである。

「それとこれとは別。情報や創造に対価《たいか》を支払わないのは、日本人の悪い癖よ」

「それじゃ『ガス灯』のコーヒーを一杯」

「シナモントーストをつけて」

「はいはい、どうせそろそろ昼食時《ヒルメシドキ》ですからね」

ようやく涼子は説明してくれた。それによると、つまり日本政府はホセ・モリタをもてあましているる。ラ・パルマごとき弱小国の要求など歯牙《しが》にもかけない、といいたいところだが、国際社会で「日本は詐欺師で独裁者であった人物をかくまっている」と非難されれば体裁《ていさい》が悪いし、国際司法裁判所に提《てい》訴《そ》されるのもまずい。政府高官の弱みをにぎられたまま日本国内にいすわられているのも不愉快である。といって追い出すわけにもいかないので、モリタ自身の意向で香港へ行ってくれるのはありがたいことだった。できれば帰ってこないでほしいのである。

「だけどモリタと彼の隠し財産は、当然ながらねらわれているわけよ」

「ラ・パルマの新政府にですか」

「それ以外にも」

「援助金の横領という弱みをにぎられた日本の政治屋たち」

「その他に？」

「思いつくのはそれくらいですね」

「教えてあげてもいいけど、追加料金がいるわよ」

「では思いきってコーヒーに砂糖とミルクをつけましょう」

「何よそれ、ケチね！」

「どっちがケチですか！」

愛と感動に満ちたやりとりの後、涼子と私は警視庁近くの喫茶店『ガス灯』でコーヒーを飲みながら話のつづきをした。香ばしいシナモントーストをしなやかな指先でちぎりつつ、涼子が説明する。

「モリタはラ・パルマの麻薬組織と談合して、ラ・パルマ国内の反政府ゲリラを殺害させたのよ。ざっと五〇〇〇人ばかり。見返りは麻薬組織に警察が手を出さないこと、それと一億ドルの報酬」

「ところがモリタは報酬を支払わなかった？」

「そう、そして日本へ逃げ出したの。モリタを追放した新政府は、モリタが置き去りにした機密文書から麻薬組織の幹部の名前とアジトの所在を割り出して、軍隊で急襲したのよ」

大打撃をこうむった麻薬組織は、怒りくるってモリタを追い、オトシマエをつけさせようとしている。その情報を入手した日本の外務省や警察は、国際的なトラブルに巻きこまれるのを恐れた。モリタが殺されるのはかまわないが、国内で銃撃戦でもおこされたら迷惑きわまりない。またモリタがにぎっている秘密書類――日本の政治家や官僚が三億三〇〇〇万ドルもの援助金を横領したという証拠が麻薬組織の手にはいったら、目もあてられないことになる。

かくして日本政府は、モリタの行動を黙認するフリをして、海外へ追い出すことにした。香港だろうと東南アジアだろうと、どこへでも行けばいい。殺害されようと知ったことではない。むしろそれを期待しているというべきだろう。

涼子の説明にうなずきつつ、まだ私は釈然としなかった。

「すると、上層部というより日本政府があなたに期待しているのは何ですか」

「政府があたしたちに期待しているのは……」

「あたしたち？」

「そうよ。以前もいったでしょ。君はあたしの付属物」

私はタメ息をおしころした。そう、涼子が怪現象や怪物に出くわすとき、私はいつもいっしょなのだ。湾岸副都心にあらわれた怪物、銀座の夜空にはばたく有翼人《ゆうよくじん》、絵からぬけ出して人をおそう何か、パリの街角に出没する黒い影……。

「最初からすべてがわかってたら、今後の展開にスリルが欠けるでしょ。何がおこるか楽しみに、豪華客船に乗ってやろうじゃないの。どうせ公費だしさ」

「はあ」

「泉田クン、まだ海外航路の客船に乗ったことないでしょ」

「ありません」

「だったらとりあえず、豪華客船でのクルーズを楽しむことね。船旅っていいわよ。味をしめたらヤミツキになるから」

政府のコンタンはまあいい。私が気にしているのは涼子のコンタンだ。かがやくように美しい仮面の下で、どんな邪悪《じゃあく》な計画をめぐらしているのやら。だが私は別のことをいった。

「クレオパトラ八世号って、どこの船なんです？」

「まあとにかく外国の客船《ふね》よ」

クレオパトラ八世号の船籍はパナマ、船会社の所在地はシンガポール、母港は香港。船長はノルウェー人、事務長は中国系アメリカ人。とにかく国際的というか多国籍というか。

「日本人のスタッフも二〇人ばかりは乗っているらしいから、日本語だけでも不自由しないみたい」

「そうですか」

「気のない返事をしないで、すぐパスポートを用意なさい。あとは警視庁にもどってからね」

III

幸い、というより不幸の軽減《けいげん》というところだが、今回は私だけが涼子のオトモではない。裏金《ウラガネ》にゆとりがあったかどうか知らないが、警視庁は合計四人分の旅費を出してくれることになったのだ。

「刑事部参事官室《う ち》のメンバーの中から、オトモを選ぶとしたら、だれがいい？」

「そうですね」

私は考えたが、すぐに結論は出た。船内でトラブルが発生したとき、助手として頼もしいのは誰か。法律や金銭がらみではなく、体力や腕力や破壊能力を必要とするトラブルの場合。

「マリちゃんですかね、やっぱり」

「そんなところでしょうね。じゃ、マリちゃんをお呼び」

ほどなく涼子の執務室に姿を見せたのは、若い大男だった。身長は私よりわずかに低いが、体重は二〇キロ近く多い。プロレスラー並みの体格で、獰猛《どうもう》そうな顔つきに頬髯《ほおひげ》まで生《は》やしている。年齢はたしか二九のはずだ。

「阿部《あべ》巡査まいりました」

マリちゃんの本名は阿部真理夫《まりお》というのだった。顔や身体にふさわしく声もごついが、女王陛下に対する態度はうやうやしい。

「もう捜査四課《マルボウ》の手伝いはすんだの？」

と、女王陛下がご下問《かもん》あそばす。

「はっ、すんだところです。東南アジアから貧しい女性を不法入国させて、覚醒剤《かくせいざい》中毒にしたてて売春させていた一味です。乗りこんだとき、つい何人か、たたきのめしてしまいました。どうにも腹が立って」

「殺しちゃだめよ」

そう女王陛下がのたもうたのは、うるわしい平和主義思想からではない。

「生かしておいて、傷が治《なお》ったらまた痛めつけてやるの。そうしたら、ひとりで三回は楽しめるからね。学習能力のないやつは、四回めになっても更生《こうせい》する気になってないから、そのときは正当防衛に見せかけてぶっ殺しておやり」

「そういたします」

「仏の顔も三度までっていうでしょ」

ちがうちがう。ひとつ咳《せき》ばらいしてみせてから、私は、香港行きの件を「マリちゃん」に説明した。涼子が問う。

「さしさわりはない？」

「ありません。金曜日の出発ですね。前日に教会へ行って神父さまに航海の安全を祈っていただきます」

マリちゃんこと阿部巡査の両親は熱心なクリスチャンで、息子の名前も「アベ・マリア」から採《と》ったのだった。

マリちゃんこと阿部巡査を帰した後、女王陛下と私はもうひとりのオトモの人選にとりかかった。

「行先が香港だから、香港にくわしい人物がいいかもしれないわね」

「ガイドね。だとしたら貝塚《かいづか》です」

貝塚さとみ巡査は二一歳だが、小柄で童顔なので、高校生どころか中学生にまちがえられることすらある。女子短期大学を卒業して警察学校にはいったが、現場に出て張りこみなどしても、夜遊び中の未成年と思われて同業の警官に「補導」されるていたらく。成績はけっして悪くないのに、参事官室なんぞに島流しにされた理由がそこにある。

稀代《きたい》の香港フリークで、休暇のたびに渡航し、東京より香港にくわしい。一度、「私生活上はこの名《メイ》刺《シ》を使いますので」と、熊猫《パンダ》のイラストがはいった名刺を渡されたことがある。それには「貝塚さとみ」の名は記してなかった。「呂芳春《ルイ・ファンチュン》」と書いてある。思わず私は声をあげてしまった。

「おいおい、この呂芳春というのは何だ。芸能界デビューでもする気か」

「でもそれ本名ですからぁ」

「本名?」

「心の本名ですぅ」

貝塚巡査は胸を張った。

「わたし、ほんとうは香港に生まれるはずだったのに、ちょっとした手ちがいで日本に生まれちゃったんですよねえ。だからチャンスがあるごとに軌道を修正して、あるべき姿に立ちもどりたいのですぅ」

妙に語尾の母音を強調する話しかたが子供っぽく聞こえるが、広東語《カントン》の通訳と翻訳を専門家なみにこなすし、PC《パソコン》も使いこなす。もうすこし経験をつめば、国際捜査課あたりがスカウトに来るだろう。もっとも、ご本人は香港国際警察にあこがれているようだが。

「でもどうしてわざわざクレオパトラ八世号というんですかね。べつにおなじ型式の船が八隻あるわけじゃないでしょ」

「それはね」

私たちが通常「クレオパトラ」という名で知っている歴史上の女性は、紀元前一世紀のエジプトの女王である。美貌と才知でローマ帝国のカエサルやアントニウスを手玉にとった女傑だ。正確にはプトレマイオス王朝の最後の女王で、クレオパトラ七世という。プトレマイオス王朝の歴代《れきだい》の女王は、すべてクレオパトラという名なのだ。つまりクレオパトラというのは個人名というよりむしろ「プトレマイオス王朝の女王」という称号と考えてよい。

「なるほど、古代エジプトの美女の後継者というわけですか」

「しょってるけど、まあ豪語《ごうご》するだけのことはあるのよ。これが船の資料。インターネットで船会社から送ってもらったの」

　涼子が手渡してくれた資料に、ざっと私は視線を通した。

建造費　四億二五〇〇万ドル
容積　八万一六〇〇〇総トン
全長　二八八・〇メートル
全幅《ぜんぷく》　三二・二メートル
喫水《きっすい》　八・二メートル
巡航速度　二五ノット
客用甲板《デッキ》　一〇層
乗組員《クルー》　一〇九四名
乗客定員　一九九〇名
船室《キャビン》数　一三九三

……というのが、豪華客船クレオパトラ八世号のデータである。乗客定員については最大限の数字で、通常は一二四〇名までしか乗せないそうだ。つまり乗客と乗組員との比率がほとんど一対一で、サービスがいきとどくわけである。だが、じつのところ、いくら豪華といわれても実感がわかない。経験のない悲しさである。

「まあ縦と横とのちがいはあるけど、七五階建ての巨大ホテルが海の上に浮かんでいると思えばいいのよ」

「では思ってみます」

「その日本語、何か変じゃない？」

　たぶん変だとは私自身も感じたが、いずれにせよ私ていどの空中楼閣《ろうかく》建設能力では、事実におよぶはずもなかった。三月最初の金曜日、スーツケースを引きずって横浜港に到着した私は、白亜《はくあ》の船体を高々と見あげて、左右の人々といっしょに、

「うわーお」

　と、万国共通の感歎符を声にするしかなかったの

だ。まったく他にいいようもなかった。

涼子と私、貝塚と阿部の両巡査がこの巨船に乗りこむわけだが、一同の先輩である丸岡《まるおか》警部が見送りに来てくれた。温顔《おんがん》のベテラン捜査官だが、私たちがほんとうに日本を発《た》つかどうか確認に来たのかもしれない。しばらく見あげてから、丸岡警部は溜息をついた。

「なるほど、戦艦大和《ヤマト》よりひとまわり大きいんだな」

丸岡警部の世代では、巨大な船の基準が戦艦大和になるのは無理もない。

「タイタニックの二倍近いんですよね、たしかあ」

呂芳春《ルイ・ファンチュン》こと貝塚巡査がいうのは、先日ＴＶでタイタニック号の沈没を主題とした有名な映画が放映されたからだろう。

お上《のぼ》りさん丸出しで出国手続きをすませ、タラップを昇る。高所恐怖症の人なら、うかつに下方を見たら眩暈《めまい》をおこすだろう。メインデッキから水面まで三〇メートルはある。

ピエロやら魔女やら妖精やらの扮装をした乗組員の男女が乗客を歓迎した。イベントやショーを担当するスタッフだろうが、乗客に抱きついたり、写真を撮《と》ったり、アコーディオンを奏《ひ》いたり、にぎやかなことだ。華麗なる非日常の世界がここからはじまる。

「幅はこんなものなんですね」

「世界中どんな豪華客船でも、船体の幅は三二・三メートル以下なの」

「どうしてでしょう」

「それ以上の幅になると、パナマ運河が通れないのよ」

「……はあ、なるほど」

パナマ運河を通れなければ世界一周のクルージングが困難になる、というわけだ。逆にいうと、パナマ運河を通る必要がなければ、いくらでも船体の幅を広くできるわけで、日本とペルシア湾との間を往復するだけの巨大タンカーは、幅が五、六〇メートルあってもかまわないことになる。

メインデッキから船内にはいると、巨大な吹きぬけの空間だった。ホテルだとロビーにあたる部分らしいが、天井まで三〇メートルはある。透明なガラスばりのエレベーターが三台、いそがしく上下しているのが見えた。

Ⅳ

横浜から香港までは通常八三時間というところだが、クレオパトラ八世号はゆっくり九〇時間かけて航海する。金曜日の午後五時に出港し、火曜日の午前一〇時に入港するのだが、計算があわないように見えるのは、時差があるからだ。四泊五日ということになる。

乗船は午後三時までにすませ、その後、船内のあちこちを見物するうちに出港となるわけだ。荷物はとっくに各自の船室《キャビン》に運んであるから、身軽なものである。

「モリタの姿は見かけた？」

「いいえ、まだです」

涼子の質問にそう答える。わざとらしく黒いスーツを着こんだ男たちの姿はやたらと見かけるが、それが前大統領閣下のボディガードなのか、麻薬組織の暗殺者《ヒットマン》なのか、雰囲気が悪いだけの一般市民なのか、まだわからない。

「ま、モリタのやつはエグゼクティブ・スイートにでもこもってるんだろうけど」

モリタは日本人でありながらぬけぬけと外国の大統領となり、九年間にわたって権力を独占し、七億五〇〇〇万ドルの不正な富を手に入れたのだ。日本史上最大、世界史上でも屈指の詐欺師《さぎし》といってよいだろう。

「いっそあっぱれといってやりたいくらいだけど、裁判から逃げまわりながら『サムライ』と自称するのは、お笑い種《ぐさ》よね。サムライってのは、不名誉な疑惑をかけられただけで切腹《せっぷく》する種族じゃなかったかしら」

「すくなくとも逃げ隠れせず堂々と裁判に出てほしいものですね」

小肥《こぶと》りでチョビ髭《ひげ》をはやしたホセ・モリタ氏が日本刀をかまえて「ヤマトダマシー！」とか「メッシホーコー」とか叫んでいる映像を、私はＴＶで見たことがあった。どうして詐欺師というやつは、滅私《めっし》奉公《ほうこう》とか大和魂《やまとだましい》とかを売り物にしたがるのだろう。

「他に何にも売るものがないからよ。やつらはカラッポだから」

というのが涼子の意見だ。たぶんそのとおりだろう。

女王陛下と三人のオトモは船内にはいったが、歩くうちに廊下の色が変わった。

何しろ長さ三〇〇メートル近い巨船だ。船客が自分のいる位置を把握《はあく》できるよう、廊下に敷かれたカーペットの色を違えてあるというわけだった。船首方向の一〇〇メートルは青、船体中央の一〇〇メートルは黄、船尾《せんび》方向の一〇〇メートルは赤。なるほど、これはわかりやすくてありがたい。

「あたしの船室《キャビン》はここ。第一〇甲板《デッキ》の船首、一〇五〇一号室」

青いカーペットをハイヒールで踏みながら、涼子が、ひときわりっぱなオークの扉《とびら》の前に立つ。

私の船室は同じ甲板《デッキ》の一〇〇二六号室。貝塚巡査は一〇〇二七号室、阿部巡査は一〇〇二八号室。三人の船室は並んで右舷《うげん》のオーシャンビューということになる。涼子の船室と私のそれとは、距離にして六〇メートルほど。何かあれば一〇秒以内で駆けつけることができる。

カード状をした緑色のキャビンキーを使って、私は自分の船室にはいった。

船室の広さは、標準的なシティホテルのツインルームというところだ。家具調度の類《たぐい》も陸上のホテルと異《こと》なる点はない。一二〇センチ四方ほどの、四隅が丸みをおびた正方形の窓があるが、あけることはできない。クロゼットの内部《なか》に救命具が二名分はいっていて、それが陸上のホテルでないことを示す。

バスルームはやや狭い印象だが、いちおう中央を洗面室として、左がシャワーブース、右がトイレと分かれている。バスタブがないのは、日本の船ではないからしかたない。

一日じゅう船室に閉じこもっていれば息がつまるかもしれないが、病気にでもならないかぎり、そんな必要はない。公共のスペースに出ていれば広大な空間を満喫《まんきつ》できるし、潮風にあたりたければデッキに立てばよいのだ。

これはあくまでスタンダード・キャビンの話。薬師寺涼子が占領しているエグゼクティブ・スイートは、この三倍ほども広いはずである。

荷物もすでにとどいていた。

スーツケースを開《あ》け、衣類をつくりつけのワードローブに、洗面道具をバスルームに放りこむ。それ以外の多少のものはそのままスーツケースのなかに残し、服装もそのままで私は船室《キャビン》を出た。青いカーペットを踏んで、さて、と左右を見まわすと、隣のドアがあいて貝塚さとみ巡査があらわれた。ピンクのチャイナドレスが妙に似あっている。

「お、もう香港バージョンになったか」

「はい、本来の姿にもどりましたあ」

涼子がチャイナドレスを着こめば魔都《まと》上海《シャンハイ》の夜を支配する秘密組織の女ボスに見えるだろうが、貝塚さとみの場合は、ちょこまか動きまわる小間使《こまづか》いというところ。ドレスの下に脚がむき出しでなく、中国風のズボンなので、よけいそう見える。

「似あうじゃないか」

「えへへ、この恰好《かっこう》がわたしも一番おちつきます。泉田警部補はタキシードか何かにお着替えにならないんですかあ」

「タキシードなんか着なくてもいいというから、おれはこの船に乗ったんだよ」

「でも泉田警部補は背が高くて、肩幅もおありで、タキシード似あうと思いますぅ」

「そりゃありがとう」

いちおうそう答えたとき、エレベーターホールの方向で男女の笑声がして、三つの人影があらわれた。男性をまんなかに女性がふたり。女性はこの船のスタッフらしく、コスチュームプレーをしている。そして。

シンデレラと白雪姫に左右をはさまれ、笑《え》みくずれているタキシード姿の若い男は。

警視庁警備部参事官付の警部補、岸本明《きしもとあきら》、年齢二三歳、であった。

声をかけるか否か、迷ったのは一瞬のことだったが、岸本のほうにはタメライもコダワリもなかった。つづいてあらわれたカメラマンの前でポーズを決めながら、私の姿を認めると、快活《かいかつ》に声を張りあげたものだ。

「やあ、泉田サン、やっぱりこの船に乗ってたんですね。ボクがなぜここにいるか、知ってますか」

知りたくもなかったが、しかたなしに私は岸本の期待に応《こた》えてやった。

「何でお前さんがこの船に乗ってるんだ?」

「よくぞ尋《き》いてくれました」

そうよくもないが、反駁《はんばく》せずに聞いてみると、何と上層部の命令でホセ・モリタの直接の警護をおせつかったのだという。女性スタッフとカメラマンが笑いながらその場を去っていったので、私たちはホールで立ち話をした。

「ブッソーな時代ですからね。ホセ・モリタ氏を無事に香港に送りとどけろということで」

「そりゃハイジャックされた旅客機が合衆国国防総省《ペンタゴン》に突っこむようなご時世だからな。要人警護はたいせつなことだ」

「でしょ?」

「で、その重大な任務をお前さんひとりでつとめるのか」

「いえいえ、残念ながらボクにはまだ単独でこんな任務はつとまりません」

「すると、もしかして」

「ええ、室町《むろまち》警視もごいっしょです」

室町警視とは、涼子と同期のライバルである室町由紀子《ゆきこ》のことだ。

岸本の姿を見、彼の上司の名を聞いたとき、私の脳裏《のうり》に危険信号が点滅《てんめつ》した。最初から気楽な任務と思ってはいないが、刑事部と警備部がそれぞれホセ・モリタという問題人物を重要視しているとなると、タダではすみそうにない。いや、配役によってはタダですむかもしれないが、関係者の顔ぶれを思うと、「楽観」の二文字は私の辞書から抹殺《まっさつ》されてしまうのだった。

第二章　二世《ジュニア》最後の舞台

I

私の上司はウルトラスーパーデラックスヒロインだが、私自身は常識と旧《ふる》いモラルに縛られた凡人である。彼女の颯爽《さっそう》たる足どりについていくだけで息が切れそうなのだ。

クレオパトラ八世号が出港し、デッキで薬師寺涼子から声をかけられたとき、船はすでに蒼茫《そうぼう》たる黄昏《たそがれ》のなかにあった。これから一路南下して太平洋へ出、沖縄の海域を通過して中国大陸の南端へと向かうことになる。

「あとであたしの船室《キャビン》に迎えに来て」

そう命じられて、いったん解放されたので、私は船内をそぞろ歩いて時間をつぶすことにした。考えるべきことは多々《たた》ありそうに思えたが、はなやかな非日常性の音符《おんぷ》がまとわりついてきて、どうも思考がまとまらない。

ふと気づくと、呂芳春《ルイ・ファンチュン》こと貝塚さとみがとことこついてくるので、尋《たず》ねてみた。

「お前さん、岸本警部補のことをどう思ってる？」

「そうですねえ、キャリアでエリートだけど、えらぶらないし、気さくな人ですよお」

なるほど、そういう表現もできるのか。

岸本は少女漫画や美少女アニメの熱烈なファンで、「オタクに国境なし」がモットーの国際人である。

「すぐ出世するんでしょうね、まだ大事件を解決したことはないみたいですけどお」

「事件ね。あいつが自分で事件をおこさなけりゃいいが。オタクの犯罪ってやつ」

「警部補、それは偏見ですぅ」

「そうだな、悪かった」

貝塚さとみも漫画ファンで、とくに香港武俠《ホンコンぶきょう》コミックの熱烈な愛好者だそうだ。

「知りたいことがあったら何でも尋《き》いてください。わたしが知らないことでも、インターネットですぐ調べますからぁ」

そういってくれたのはありがたいが、当面は必要がなさそうである。

「あ、警部補、こちらでしたか」

気の弱い人間が聞いたら立ちすくんでしまうような怖《こわ》い声。大股に歩み寄ってきたのは、マリちゃんこと阿部真理夫だ。黒っぽいスーツはまだよいとして、濃いサングラスが人相にひときわ獰猛《どうもう》の気を加えている。

「おいおい、あんまりおっかない表情《かお》をするなよ。他のお客がびびってしまう」

「はっ、本官の不徳のいたすところで、申しわけありません」

「申しわけないってことはないが、とりあえずサングラスは外《はず》してリラックスしろや」

「サングラスを外しても、あまり変わりはないと思いますが」

そうかもしれないが、自分でいう必要もないだろう。マリちゃんこと阿部真理夫巡査はサングラスをとったが、人喰《ひとく》い虎が人喰いライオンに変わったていどの変化しかなかった。着ているのがスーツでまだよかったかもしれない。なまじアロハシャツでも着ていたら、まったくもって休暇中のマフィアである。まじめで職務に熱心で善良な男なのだが。

「オトモいたします」

一歩さがって後方を守る形の阿部巡査をしたがえ、私は貝塚巡査とムダ話をしながら廊下を歩いた。

貝塚さとみによると、日本の客船は、三つの点で世界一だそうだ。第一に、料金が高いこと。第二に、水の消費量が多いこと。第三に、乗客の平均年齢が高いこと。

「つまり、オカネモチの高齢者《おとしより》が大浴場でざぶざぶお湯を費《つか》うのが、日本の客船の特徴なんですねえ」

「ミもフタもない言いかただな。この船はいちおうお前さんの心のフルサトの船だが、何か特徴はあるか？」

「あ、本官、じゃない、わたくし呂芳春《ルイ・ファンチュン》が思いますに、この客船には奇妙な点がありますぅ」

「お前さんがこの船に乗ってるってことか」

「そうじゃなくてですねえ、この船にはほとんど高齢者の姿がないのですぅ」

私は無言のまま三歩ほどあゆみ、彼女の発言の意味について考えた。

「それはたしかか」

「はい、とくにお婆さんはひとりも乗っていませんですぅ。ほとんど男の人、それもお爺さんはすくなくて中年より若い人ばかり」


貝塚さとみ巡査の観察力に、私は敬意を表した。ただ万事に先入観は禁物《きんもつ》なので、女性客は船室内で荷物を開いたり設備をいじったりしているだけかもしれない。

船客リストを見せてもらうことができたら何かとやりやすいのだが、ラ・パルマのモリタ政権ではあるまいし、治安維持のために手段を選ばぬ、というわけにはいかないのだ。

「そいつは薬師寺警視に報告して、注意をうながしておこう」

私は腕時計に視線を落とした。もうすぐ六時三〇分になる。涼子の船室に迎えにいく時刻だ。他の船客の目にどう映っているか考えながら、私は他のふたりとともに涼子のエグゼクティブ・スイートに向かった。


想像を裏切らない豪華な船室《キャビン》だった。私が足を踏みいれたのはリビングルームだが、一〇メートル四方はあるだろう。家具調度はビクトリア朝様式《ちょうようしき》に統一され、ソファーを中心としたリビングセット、マホガニー製の円形のダイニングテーブル、ホームバー、ライティングデスク等がゆったりと配置されている。

ただ天井は低くて、安アパートなみである。この点だけが、地上の豪華ホテルと異《こと》なっていた。もちろん安アパートの天井にシャンデリアなどさがってはいないが。

涼子の姿が見えないので、ドアが開かれたままの隣室をのぞいてみる。ベッドルームだ。中央に鎮座《ちんざ》するベッドは、幅二五〇センチほどもあった。左右にナイトテーブル、その他に巨大なドレッサーと、ティーテーブルのセット。リビングルームよりはせまいが、それでも五メートル四方はある。私などにはよくわからないが、壁にかかったユトリロの絵は、複製にしてはよくできていた。

「薬師寺警視、どちらですか」

「こっちよ」

応《こた》える声はバスルームから伝わってくる。

しかたなく私はバスルームにはいった。

直径二メートルもある円形の浴槽いっぱいに白くかがやく泡が満ちており、フローラルな芳香《ほうこう》が嗅覚《きゅうかく》をくすぐった。白い花園のなかに女神《フローラ》がいた。泡の外に出ているのは顔と肩、それに二本の伸びやかな肢《あし》だけだ。

「失礼しました」

返しかけた踵《きびす》を、涼子の声が引きとめた。

「呼ばれて許しも得ずに出ていくほうが失礼でしよ。命令があるまでそこにいなさい」

背後で水音がして、芳香をたたえた空気がわずかに揺れる。困惑して、私はそのままバスルームの床に立ちつくした。神だか悪魔だか知らないが、私の造物主《ぞうぶつしゅ》は、こういうとき優雅にふるまうような資質を、私に与えてくれなかったのだ。

「で、ご用のオモムキは？」

いいながら視線を左にそらせる。視線の先に大きな鏡があって、華麗な泡の池と上司の姿が映っていた。ややあわてて視線を右に転じると、そこにも鏡がある。

何でこんなに鏡が多いんだ。そう思ったとき、見すかしたような声がした。

「船室《キャビン》をより広く見せるためよ。天井も高くないしね。上を見てごらん」

私は視線を上に向けた。天井の一部が、二メートル四方ほどにわたって鏡になっており、白い光沢《こうたく》のある泡が一面に映っていた。温かい色調の、長い優美な脚が見えたので、私は狼狽《ろうばい》をおしころして結局、鏡のない正面を向くしかなかった。

「こっちを向いてますので、お話があるなら手短かに願います」

「礼儀正しい部下だこと。上司に背を向けて」

皮肉をいわれても、うかつに返答できない。沈黙していると水音がした。フローラルな芳香がかるく波うった。耳もとに涼子の息がかかる。想像するとはなはだまずいが、涼子は浴槽のなかに立ちあがったらしい。

涼子は私の耳もとでささやいた。熱くて甘く、しかも内容はまるで色っぽくない。

「ホセ・モリタのやつ、空路なら四、五時間で香港に着けるのに、わざわざ海路を選んだのは、どうせよからぬ理由あってのことよ。それが何かを探り出さないと」

「探り出さないと？」

「とんでもない兇事《マガゴト》がおきるような気がするのよ。そう思わない？」

「ありえますね。ただ……」

「ただ？」

「いえ、何でもありません」

涼子が事情を探り出すと、事態はさらに悪化するかもしれない。ホセ・モリタにやらせておいたら熱帯性低気圧ですんだのに、涼子が息を吹きかけたら超大型台風に成長してしまうかもしれないのだ。これまで一度の例外もなかったような気がする。

もういちど水音がして、涼子の息が遠ざかった。どうやらまた泡のなかに身を沈めてくれたらしいが、振り返って確認するわけにもいかない。

「モリタのやつもだけど、義弟のツガってやつがまた兇暴な男らしいのよ。ラ・パルマの吸血鬼といわれてたくらいでね」

「そのツガって男、日本国内に武器を持ちこんでるんじゃないでしょうね」

「ありえるわね」

七億五〇〇〇万ドルもの資金があれば、完全武装の傭兵《ようへい》を何百人やとえることか。生物兵器や化学兵器、さらには小型の核兵器ですら調達できる。かがやかしい二一世紀、金銭で手にはいらないのは心の平安ぐらいのものだ。

「モリタの銀行預金口座を封鎖することはできないんですか」

「モリタは国際テロリストじゃないからね、いまのところはまだ。それに、封鎖してしまったらこまるのは日本の政治屋どもでしょ。いずれモリタのやつ、国際犯罪組織と関係を持つのは疑いないけど」

一般に「国際組織犯罪のベスト8」と呼ばれているものは、つぎの八つである。

武器の密輸・密売（核物質をふくむ）。

麻薬の密輸・密売（覚醒剤をふくむ）。

汚れた金の洗浄《マネー・ロンダリング》。

コンピューター犯罪。

児童の売春およびポルノグラフィー。

人身および臓器の売買（組織的な密入国をふくむ）。

テロ（傭兵をふくむ）。

芸術作品の窃盗および贋造《がんぞう》。

「とりあえず、モリタのやつは香港でこのうち三つぐらいをやってのける気だろうとあたしは思うの。

とりわけ武器関係ね」

　西暦二〇〇一年に国際連合が小型武器（拳銃や自動小銃）の大幅削減をめざす会議を開いた。一般市民が武器を持つことを禁止し、武器の輸出入をきびしく制限しようとしたのだが、ある一国の露骨《ろこつ》な反対と妨害によって挫折してしまった。ある一国というのは、ディズニーランドの母国であるアメリカ合衆国のことで、どんな兇悪なテロにみまわれようと、国の内外に武器をはびこらせる政策を変えようとしないのはフシギである。

「すると、ホセ・モリタはクーデターをおこしてラ・パルマの独裁者に返り咲くつもりなんでしょうか」

「最初に考えられるのはそうね」

Ⅱ

入浴中の美女と、鏡ばりのバスルームにふたりきり。どんな色っぽいシチュエーションでもお望み次第というところだが、いったい誰の責任か、話はどんどん殺伐《さつばつ》とした方向へ進んでいくのであった。

　私は腕を組んだ。もちろん私は真剣だったが、誰かが見ていたらさぞ滑稽《こっけい》な光景だったにちがいない。美女のいる浴槽に背を向けて腕組みするスーツ姿の男。

「そこまで予測していて、事前にふせごうとは思わないんですか」

「いっとくけど、読者が名探偵に期待するのは、連続殺人の犯人をつかまえることであって、連続殺人を阻止《そし》することじゃないわよ」

　正しい発言だ。誰も死なないうちに探偵が犯人をつかまえたりしたら、ミステリーなど読まれなくなるにちがいない。

「ノーベル平和賞だって、戦争をおこしてからでないと受賞できないでしょ。まず何万人か殺しておいて、あとでもっともらしく停戦してみせたらノーベル賞をくれるのよ」

「それはちょっとちがうと思いますが……」

鼻先に、あわいピンクの球がふわふわと飛んできた。涼子が掌《てのひら》にシャボンの泡をすくいあげて吹き飛ばしたらしい。私は自分の姿勢のばかばかしさにあらためて気づき、組んでいた腕をほどいた。

「ところで、モリタが陰謀をめぐらしているとして、それを阻止したあとどうします？」

「どうするって、国際法廷にでも立たせて、思いっきり恥をかかせてやるだけよ」

「それだけですか。まさかホセ・モリタを退治して、七億五〇〇〇万ドル、巻きあげようというんじゃないでしょうね」

「やめてよ、人聞きの悪い。そのていどのハシタガネ、あたしには用がないわ」

「七億五〇〇〇万ドルを出したのは日本の納税者で、受けとる権利があるのはラ・パルマの民衆ですよ。おわかりでしょう？」

私はそれほどお説教好きの人間だとは、自分で思っていない。このときは、とにかく何かしゃべっていないとまずいという気がした。

「うるさいったら。これ以上こうるさいことをいうなら、あたしにも考えがあるからね」

「へえ、どんな考えです？」

「このまま立ちあがって大声をあげてやるから。誰か来てえって！」

「や、やめてください、悪い冗談は」

私は狼狽《ろうばい》し、一歩前方へ踏み出した。そのまま室外へ飛び出したいところだが、そこへ大声をあげられたら弁明に窮《きゅう》する。

「……ま、今日はこれくらいにしてやるか」

怒っているのか笑っているのか判断しがたい声だった。

「室外《そと》に呂芳春《ルイ・ファンチュン》がいるでしょ、貝塚さとみが。着替えるのにてつだってもらいたいから呼んでちょうだい。君は退出してよろしい」

何だか「ホウホウの態《てい》」という感じで廊下に出ると、貝塚と阿部の両巡査がおとなしく待っていた。事情を簡単に説明すると、貝塚さとみは、「わかりましたあ」とうなずいてから、何やら意味ありげな目つきで私を見やった。

「それにしても、薬師寺警視も何かとご苦労でいらっしゃいますよねえ」

おいおい、何をいってるんだ。苦労してるのはこっちだぞ。

心のなかでいっている間に、貝塚さとみはさっさとエグゼクティブ・スイートにはいってしまった。何となく溜息をついて、私は壁によりかかった。阿部巡査があいかわらず猛獣のような目つきで、まじめくさっていう。

「警部補、ご苦労さまです」

「うん……」とだけ私は応じたが、適正な反応だったかどうかわからない。

それから二〇分も待っただろうか。

「はーい、お出ましですよお」

貝塚さとみの前ぶれであらわれた薬師寺涼子は、あらためて表現する気にもなれないほどの美女ぶりだった。もちろんというかチャイナドレスで、緑色の地に金糸で刺繍《ししゅう》がほどこされている。鳳凰《ほうおう》の周囲に小さな太陽をいくつかあしらった図案で、これは中国でも南方の長江《ちょうこう》文明の特徴だ——と、貝塚さとみが教えてくれた。ズボンなどはいていないので、左右の大胆なスリットから完全無欠《かんぜんむけつ》な脚線美が妨害なしに見てとれる。この脚は芸術的鑑賞の対象として人類社会で最高というだけでなく、武器としても一級品である。スケベな男どもを悩殺《のうさつ》するだけでなく、ひとたび蹴りを放てば絶大な破壊力を発揮《はっき》するのだ。

「お待たせ、じゃいこうか」

手の扇子《せんす》を開くと、白檀《びゃくだん》の香がただよった。襟元《えりもと》にはウズラの卵ほどに大きな翡翠《ひすい》がかがやいている。どうも本人からして、「魔都の女ボス」になり

たがっているようだ。ただ、どこかなりきれていない。というのも、涼子には陽性の生命力があふれていて、邪悪でワガママではあっても、淫靡《いんび》とか頽廃《たいはい》とかいう表現が似あわないのである。

私はまた腕時計を見て、あることを思い出した。

「この時刻だと、ライフジャケットを着用して、退避のための講習を受けなくていいんですか」

「いいの。そんなものとっくに知ってるから」

「私は知りませんが」

「教えてあげるわよ、個人レッスンで。だからついておいで。人のいない間に、ざっと船内をガイドしてあげる。どうせまだ半分も見てないでしょ」

乗客たちはデッキに集まっているので、明るく照らされた船内はほとんど無人に見える。右舷に遠く灯火が点在しているのは伊豆半島あたりだろうか。巨船クレオパトラ八世号は早春《そうしゅん》の夜の海を切り裂いて前進をつづけている。揺れはまったく感じず、まさしく海上の巨大ビルだ。

貝塚さとみが涼子に問いかけた。

「以前イギリスの船にお乗りになったときは、いかがでしたかあ？」

「だめだめ、格式ばかり高くて、食事はまずいし、イベントやショーは貧弱だし。毎晩、正装してダンスパーティーばかり」

そいつはたまらん、と、上流階級ならざる私は思った。だが涼子なら、基本的な社交ダンスだろうが、タンゴだろうが、軽々とこなせるはずだ。踊る相手に不足があったのだろうか、と思っていると、女王陛下は腹立たしげに白檀の扇子をひと振りした。

「しかも乗船していた間、何も事件がおこらないんだもの。ひとりの死者も出なかったのよ！」

なるほど、それではさぞつまらなかったことだろう。

涼子の、光が踊りまわるような瞳が私を見た。

「だいたい、あたしひとりだと、べつに何もおこりやしないのよ。いたって平穏無事なんだから」

なぜか貝塚と阿部の両巡査が視線をあわせて、それを私に向けたような気がした。ちなみにこのふたりには三〇センチ以上の身長差がある。だから視線はかなり斜めの橋を空中につくった。

クレオパトラ八世号の船内に、プールはふたつもある。一三デッキのアウトドアプールと、九デッキのインドアプールだ。どちらにも豪華な大理石がはられ、水温調節システムが備えられている。三月はじめではまだアウトドアプールを使うのは寒いだろう。

プールサイドも広く、デッキチェアやテーブルの群の向こうにバーの設備も見えた。水着姿の美女を観賞しながらトロピカルドリンクでもどうぞ、というところか。泳ぐのが美女ばかりとはかぎらないが。

廊下の色が青から黄へ、黄から赤へと変わる。と、はでな紫色のイブニングドレスを着た若い女性がホールを横切るのを見かけた。何と、女優の葵羅《あおいら》吏子《りこ》だ。

かなりの美人だが、私でさえ彼女を知っているのは、いささかこりすぎた芸名のためである。イタリア製らしいソフトスーツを着こんだ屈強な男がおともについていた。芸能マネージャーというよりボディガードに見える。

なぜ彼女がこの船に乗りこんでいるのか、不思議に思っていると、涼子がささやいた。

「彼女、ホセ・モリタの愛人なのよ」

「へえ、そうでしたか」

TVやグラビアで見る葵羅吏子はきわだって美しい容姿の持ち主である。ところが涼子と較《くら》べると、いちじるしく見劣りした。顔立ちやプロポーションでそれほど劣っているとは思えないのに。

理由は明らかだった。涼子と較べて、羅吏子は歩く姿勢が悪いのだ。首を前に突き出し、背筋をまっすぐ伸ばさず、腰を落とし、ひざを曲げて歩く姿は、涼子と正反対だった。格調からいって、涼子が女王なら、羅吏子はせいぜいお城の使用人である。

もし彼女が舞台女優として厳しく訓練されていたら、こんなブザマな姿にはなっていないだろう。こういう実例に接するつど、薬師寺涼子の美しさが造形的なものだけに由来《ゆらい》するのでないことが、よくわかる。わかったからといって、それだけのことだが。

Ⅲ

阿部巡査がうなった。本人はささやいているつもりだ。

「彼女のそばにいるのは、ホセ・モリタの部下でしょうか」

「麻薬組織のやつじゃないだろう」

「でも区別がつきませんよねえ」

呂芳春《ルイ・ファンチュン》、ではない、貝塚さとみ巡査がいうのももっともだ。モリタのと麻薬組織の私兵《しへい》とは、つまるところ同類なのだから。たまたま上に立つ者がちがうだけで、服をとりかえればそのまま立場が変わってしまうだろう。

「それにしても、日本を代表する美人タレントが詐欺師の愛人ですかあ」

「ホセ・モリタが一文無《イチモンナ》しなら、そんなことにはならなかったと思うけどね」

私は葵羅吏子などどうでもよかった。岸本から聞いた室町由紀子のことがすこし気になっている。

刑事部と警備部とが、それぞれの思惑《おもわく》で同一の場所に人員を派遣するのは、よくあることだ。由紀子は涼子と異《こと》なり、優等生として将来を期待されているのだが、このところ上層部からやや煙たがられているということだった。機動隊員への手当《てあて》を予算として警備部が受けとりながら隊員に支払わず、三〇億円もの裏金《ウラガネ》をつくっていた。そう週刊誌に報道されたのがひと月ほど前のこと。由紀子はこの不名誉な疑惑をきちんと解明するよう強く主張しつづけていたのである。

つまり正論派の室町由紀子は、裏金問題をうやむやに結着させようとする警備部のお偉方に忌避《きひ》され、外まわりを命じられた、というわけか。海上と香港で由紀子がジダンダを踏んでいる間に問題は処理され、ひと月後に彼女が帰国したときには、表面的にはすべて結着《カタ》がついている、という次第。

由紀子の父親は何代か前の警視総監で、大物ＯＢとして現在も隠然《いんぜん》たる影響力を警視庁に持っている。由紀子をあからさまに排除するわけにはいかない。せいぜい穏便《おんびん》に、敬して遠ざけておこう、というところだ。由紀子も、涼子のようなデストロイヤーではないから、不満があっても胸におさめるしかないだろう。

由紀子と岸本のことを私が話したとき、涼子は「フン」と一言《ひとこと》いっただけだった。どうも予測していたようだ。彼女は国際的な警備保障会社ＪＡＣＥ《ジャセ》Ｓ《ス》のオーナー社長の娘で、警察の内外にクモの糸のごとく独自の情報網を張りめぐらせているのである。

葵羅吏子が歩いていく方向に、私たちも歩いていった。羅吏子がホセ・モリタの愛人としてこの船に乗っている以上、行手《ゆくて》にモリタがいるはずだ。そしてほどなく、私たちは旧知《きゅうち》の人物に出会った。

黒絹の髪に白磁の肌、眼鏡をかけた秀麗な顔だちの若い女性だ。警視庁警備部参事官の室町由紀子《むろまちゆきこ》である。薬師寺涼子とは同年の二七歳、東京大学法学部以来の宿敵《しゅくてき》で、涼子が非常識なら由紀子は良識、涼子がコブラなら由紀子はマングース、涼子がウイルスなら由紀子は抗生物質《こうせいぶっしつ》——まあそういう仲である。

私が一礼すると、由紀子は、そっくりかえる涼子をことさら無視して私に話しかけてきた。

「泉田警部補、お元気？」

「は、まあ何とか」

「またお涼、じゃない、薬師寺警視のお傅《も》りでしょう？　いつもながらご苦労さま」

「恐縮《きょうしゅく》です。室町警視こそ重大な任務のようで、おつかれさまです」

「重大、かしらね」

苦笑まじりの声だった。警察の正義を信じること、由紀子は涼子の一〇〇万倍におよぶはずである。だが今回、由紀子は使命感より懐疑《かいぎ》の念にとらわれているようだった。

「重大というのとは、ちょっとちがうわよね。あんたの能力からいったら過大《かだい》、過重よね」

はなばなしく憎まれ口をたたいたのは、無視されるのに耐えかねた涼子である。由紀子を見下したようにセセラ笑ってみせた。

「あんたも堕《お》ちたもんね。よりによって詐欺師の身辺警護とはねえ」

「好きでやってるんじゃないわ！」

憤然として答えてから、由紀子は白い頬を紅潮させたまま口調を変えた。

「わたしは警察官ですから、きちんと命令を順守し、義務をはたします。あなたには想像しづらいことでしょうけど」

「優等生はつらいわよねえ。ほんと、お察しいたしますわ」

「同情していただかなくてもけっこうよ」

「あーら、同情なんかしてないわよ。おちょくってるだけ。だからスナオにお礼をいったらどうなのさ」

「何でお礼をいわなきゃならないの!?」

「人間、相手にしてもらえるうちが華《はな》じゃないの。あんたはあたしとちがって、生まれつきがジミなんだから。咲かないうちに散ってしまうんじゃ哀れよねえ」

「花は花でも、あなたの場合は食虫《しょくちゅう》植物でしょ。たしかに虫が寄ってくるかもしれないけど、害虫ばかりじゃないのかしら！」

「虫も寄ってこないあんたよりずっとましよ。造花って悲しいものよね！」

エリート警察官僚どうしの対話とは思えない。女子中学生の口論レベルだが、貝塚さとみは手に汗をにぎっている。阿部真理夫はあいかわらず獰猛な目つきだが、じつはやはり手に汗をにぎっているのである。

由紀子の後方のドアが開いた。これまで何度も写真やTV画面で見た有名人が姿を見せた。

「やあ、セニョリータ・ムロマーチ、こちらのお客さん方は何者かね。おお、セニョリータ・ムロマーチに劣らない美女もいるではないか」

イントネーションにやや難があるが、それ以外はまず完璧な日本語だった。まんまとラ・パルマ共和国の大統領になりおおせた国際的詐欺師ホセ・モリタである。チョビ髭《ひげ》の下で口もとはほころんでいるが、眼光には毒があった。

「セニョリータ・ムロマーチ」こと室町由紀子が呼吸をととのえて涼子を紹介すると、ホセ・モリタは貫禄《かんろく》充分にうなずいてみせた。

「セニョリータ・ムロマーチはじつに有能で誠実な女性だよ。ちょっとかたくるしいところはあるが、だからこそ信頼できる。まったく残念だ、私がラ・パルマの大統領をつづけていたら、彼女を首席補佐官にしてあげたのになあ」

「彼女にふさわしい地位だと存じますわ」

にこやかに、悪意をこめて涼子は応じた。由紀子は眼鏡ごしに黒曜石《こくようせき》のような目を光らせたが、沈黙を守った。舌戦《ぜっせん》の泥沼に引きずりこまれるのを避けたのだろう。

「あ、こちらはツガ、私の義弟で腹心《ふくしん》だ」

紹介されたツガは痩《や》せた顔に荒廃した笑みをたたえて、いきなり大声をあげた。

「テロリストハミナゴロシダ！」

一瞬、緊張の見えない鎖が一同をしばりあげた。

ホセ・モリタが哄笑《こうしょう》する。

「いや、失礼、義弟はこれしか日本語を知らんのでね。愛国心と忠誠心からの言葉だ。ちょっと過激かもしれんが、許容してやってくれ。君たちも彼とおなじ治安維持のプロとして、誇りを持っているだろう?」

　ツガのような殺人狂といっしょにされてはたまらない。そう思ったが口には出せず、私はさりげなく視線を周囲に放った。廊下の角に人影がたたずんでいる。おそらくホセ・モリタの用心棒だろう。

　ホセ・モリタは私たちを相手に廊下で立ち話していたのだ。一歩も船室内にいれる気はないのが明らかだった。その後かわされた会話は、ほとんど意味のない自慢話に終始し、目立った収穫のないまま女王陛下と三人の臣下はその場を離れたのである。

Ⅳ

　現代の世界で、八万トンの巨船が沈没することはありえない。平和であるかぎりは。情報通信の発達により、台風も津波も氷山も回避できるし、まぬけな潜水艦にぶつけられても、何十もの厳重な隔壁《かくへき》が浸水を一部だけにくいとめてくれる。戦争になって対艦ミサイルの直撃でもくわないかぎり、クレオパトラ八世号は不沈《ふちん》といってよい。

　モリタたちと別れてデッキを歩きながら、涼子はそういうことを私に話してくれた。別れた瞬間から、モリタのことをいっさい口にしないのは、ろくでもないことを考えているにちがいなかった。こういうとき質問などしても無益だ。しゃべりたくてたまらない、という心境になるまで待ったほうがよい。

　そのようなわけで、三人の臣下は船に関する女王さまのウンチクをつぎつぎと聞かせていただくことになった。

　技術的な説明をはじめるとメンドウになるが、この船には海水から淡水をつくる造水機《ぞうすいき》が二種類そなえてあり、一日に六〇〇トンの淡水をつくることができる。旅客と乗員をあわせて二〇〇〇名だから、ひとりあたり一日三〇〇リットル。東京都民ひとりの一日平均使用量が二五〇リットルというから、船内で水不足の心配はない。万が一、造水機が故障した場合にそなえて、五日分三〇〇〇トンの淡水もタンクにたくわえられている。

それがすべてダメになったとしても、一日か二日でどこかの港に急行できる。太平洋のどまんなかを横断しているわけではないのだ。

「つまり船内では水道の水を飲んでいいんですな」

阿部巡査は感心しているのだが、知らない者が聞くと、やはりうなり声である。

「おいしくはないけど、安全ではあるわね」

そう答えてから、涼子は自分の腕時計をのぞきこんだ。

「そろそろショーがはじまるわよ、いこうか」

八〇〇人収容の劇場《シアター》は船尾にある。第一夜は歌と踊りと奇術のラスベガス風のショーがおこなわれることになっていた。船内のあちこちに、はでなポスターが貼《は》ってあったのを、私は思い出した。

マリちゃんと呂芳春《ルイ・ファンチュン》はカフェテリアで食事をすませてから行くということになって、私だけが女王さまの随従《おとも》をした。カフェテリアの料金は船賃にふくまれているので、いっさい無料なのだ。

客船にしろ航空機にしろ、国際的な交通機関は歴然たる階級《クラス》社会だ。エグゼクティブクラスとエコノミークラスとでは、サービスにはっきりと差がつく。

航空機の場合だと、座席の広さがちがうし、機内食の質がちがうし、待合室の設備とサービスがちがう。客船だとどうなるか。エコノミーの客だと有料のレストランが、エグゼクティブだと無料になる。船内のどの施設でも、エグゼクティブが優先される。シアターに赴《おもむ》くと、エグゼクティブ専用のドアから上階の特等席に案内され、ショーを見ながら飲食のサービスを受けられるのだ。

「彼はあたしの同伴者《つれ》よ」

涼子の一言で、私は彼女といっしょに、ステージ右側の特等席に案内された。大きな円卓にゆったりした肘《ひじ》かけ椅子《いす》。専属のウェイターまでいる。

私はどうも落ち着かなかった。ズルをしているような気がしてしかたないのだ。涼子は私を見やって、折りたたんだ白檀の扇子《せんす》でかるく私の手の甲をたたいた。

「スケールの小さい男きらいよ。当然の権利なんだから堂々としてなさい。あたしと同行する男は、肩をすぼめてちゃダメ」

「努力します」

ステージの上では、銀色のボディスーツを着こんだ四人の男女がアクロバットを演じていた。かつてウクライナで体操のオリンピック代表だったそうだ。おなじ地球人とは思えないほど身体が軟《やわら》かい。後頭部と踵《かかと》をくっつけるくらい易々《やすやす》たるもののようだ。

涼子と私のテーブルには、船内のイタリアン・レストランから料理が運ばれてきた。フィリピン人だというウェイターが、まず六種類のチーズと四種類のハムを運んでくる。涼子はワインを命じたが、私は銘柄《めいがら》を聞きそこねた。客席はかなり暗くなっていたが、無視できないものを見てしまったのだ。

「隣にモリタ氏ご一行がいますよ。室町警視も」

「フン、生意気《なまいき》なやつ」

涼子が不愉快に思っても、これはしかたがない。ホセ・モリタはエグゼクティブの客だし、室町由紀子はその警護役なのだから同席するのが当然である。失礼かと思いつつ、私は由紀子の表情を観察した。

「室町警視は快適じゃなさそうですよ。あの女《ひと》の性格で、ホセ・モリタみたいな人物を好きなはずがないし、任務だからいやいや同席してるんです。お気の毒じゃないですか」

「君、お由紀に同情してるの？」

「同情というとえらそうですが、まあ、胸中《きょうちゅう》を察するといいますか」

「何でそういう思いやりが、上司に対してはないのかしらね。ま、お由紀が不幸な目にあうのは、食欲を増進させる原因になるけど」

テーブルの上にアロマオイルのランプが置かれており、揺れる炎が涼子の顔に陰翳《いんえい》を与えている。意地悪な表情をしているはずなのに、つい見とれてしまうほど麗《うるわ》しい。

しばらくは平穏に時が流れた。アクロバットショーが終わると、陽気な顔立ちとかがやかしい頭部を持つタキシード姿の司会者がステージに立ち、わかりやすい発音の英語で奇術ショーの開始を告げる。

必要最小限の繊維《せんい》しか身に着けていない美女の一群がステージに飛び出してきた。隣の特等席から、拍手と口笛が聞こえた。

「テロリストハミナゴロシダ！」

「ラ・パルマの吸血鬼」ことツガ氏はご機嫌のようだ。ちらりと視線を送ると、室町由紀子の白いこわばった横顔が見えた。まったく同情を禁じえない。

由紀子の隣にいる岸本はというと、上司の憂悶《ゆうもん》などどこ吹く風、うれしそうにステージへ拍手を送っている。つねにマイペースで自分の楽しみを見失わないあたり、私が考えているよりずっと大物かもしれない。

八人の美女がはなやかな群舞《ぐんぶ》を一段落させると、司会者が思いいれたっぷりに叫んだ。

「奇術界の貴公子、フレデリック・ノックス二世《ジュニア》！亡き偉大な父親に劣らぬ神技のかずかずをごらんください！」

ノックスの先代《シニア》は、ロンドン、ニューヨーク、パリの三都で「大西洋の奇術王」の名声をはしいままにした人だそうだ。知恵と技巧のかぎりをつくした奇術師としての誇りにあふれ、超能力者と自称する連中を忌《い》みきらっていたそうである。以前、事件にからんで私も彼の著書を参考にしたことがあった。『無能なる超能力者たち』というタイトルだった。

左右に八人の美女をしたがえて、フレデリック・ノックス二世は悠然とステージのまんなかに立つ。服装も父親ゆずりだそうで、古風なシルクハットにインバネスコート、手にはステッキ。長身で碧眼《へきがん》、なかなかの好男子だ。客席からの拍手がいまひとつすくなかったのは、貝塚さとみ巡査の観察どおり、女性客がすくないからだろうか。

軽妙な音楽にあわせ、フレデリック・ノックス二世はつぎつぎと技を披露《ひろう》していった。ステージにバラの花が咲き、箱のなかからドラゴンが飛び出して炎を吐き、その炎が水晶の球に変わる。

「正統的で隙がないけど、あんまりオリジナリティはなさそうね」

えらそうにそう涼子が評したとき、フレデリック・ノックス二世の身体が宙に浮いた。手のステッキがいつのまにかコウモリ傘《がさ》に変わって、それが開くと、ゆらゆら揺れながら上昇していく。もちろんピアノ線か何かで引っぱっているのだろう。これからどうなるのかな、と思っているうち、ステージの天井まで上昇して、客席からは靴《くつ》が見えるだけになった。

突然。

厚い布を引き裂くような音がして、靴が空中で激しく揺れた。と、一方の靴がステージに落下してきた。はね返ってステージ上に転がる。見ると靴だけでなく、それをはいた足ごと落下してきたのだった。つづいてもう一方の足が、右腕が、左腕が。最後に、目と口を最大限に開いた頭部がバスケットボールのように落ちて来て、ごろごろところがり、ステージの縁《ふち》でとまった。最前席の客とまともに目があったようだ。

グロテスクな奇術かと思ったが、そうでないことは、腰をぬかした態《てい》の司会者の姿でも明らかだった。

八〇〇人収容の大劇場に悲鳴が満ちた。それは反射と共鳴《きょうめい》をかさね、船のエンジンのひびきさえかき消した。

　薬師寺涼子は短所と問題点のカタマリだが、いったん異常事が発生したときの決断力と行動力は、凡人のおよぶところではない。

「いくわよ、泉田クン！」

　その声が私の耳もとにとどいたとき、チャイナドレスの美女は一陣の風と化している。私もつづいた。ミラノ風カツレツが皿ごと床に落ち、ワイングラスが引っくり返ったが、かまっていられない。手近の階段から一階席へ駆けおり、七、八人の不運な客を突きのける。

　ステージに駆けあがると同時に、血の匂いが吹きつけてきた。私は不幸な奇術師の身体を見おろした。正確にはその残骸《ざんがい》だ。赤黒い血の池にころがる頭部、左右の腕、左右の脚。合計五つ。五つに分断された死体。

　五つ？　私はあらためて息をのみ、ステージ全体を見まわした。あるべきものがそこにはなかった。首と両腕両脚をつなぐ部分。人体のなかで最大の部分が。胴体だけがステージ上に落ちてこなかったのだ。

　私は天井を見あげた。天井の高さは七、八メートルはあり、しかも暗い。全容を見わたすのは容易ではなかった。それでも。

　何かが見えた。一瞬、銀色に光った何かが。

　涼子が鋭く舌打ちする。彼女も私とおなじものを見たのだ。視力は充分。決断力にも射撃の技倆《ぎりょう》にも欠けることはない。だが涼子の手には武器がなかった。

「こ、これはいったい……」

　息のつまったような英語の声がして、ショーの司会者がかがやかしい頭をかきむしった。

「念のため尋《き》くけど、ショーじゃないのね？」

　涼子が短剣のように詰問《きつもん》を投げかけ、司会者が必死の表情で首を横に振る。そのマイクをひったくって、涼子がみごとな英語で命じた。

「シアターの扉を閉じなさい！　いいというまで誰も外へ出ないで！」

喧騒《けんそう》が、ひきつったような沈黙へと変化していく。気づくと、室町由紀子と岸本明もステージ上に駆けつけていた。貝塚と阿部の両巡査もいる。

「ケネンはあったんですよ」

私の横にたたずんで、わざとらしく岸本が溜息をつく。

「お涼さまと室町警視と泉田サン。この三人がそろったら、いつだって奇怪で非常識な事件が発生するんですから。陸上でおこることは海上でも……あいたたた！」

岸本の饒舌《じょうぜつ》は悲鳴によって中断された。振り向いた涼子が、岸本の足を思いきりハイヒールで踏んづけたのだ。

「あんたはどうなのさ。自分ひとり圏外《けんがい》に置くつもりなの、ずうずうしい！」

「ボ、ボクはしょせんその他オオゼイのひとりですから、全体の運命に影響はおよぼさないんですよお」

涼子は岸本の足を踏んづけたまま、鋭く私をかえりみた。

「泉田クン、どこへいったと思う？」

「胴体が、ですか」

「それと胴体を持ち去ったやつ」

「船内のどこかでしょうね。胴体のほうは海に放りこまれたかもしれません」

「ま、いいわ。犯人が誰であろうと、船の外へ逃げられやしないんだから」

涼子のいうとおりだ。だがその船というのは、七五階建ての巨大ビルに相当するのである。捜査と捜索《そうさく》の困難さについて、いくら悲観してもよさそうであった。

第三章　海上の捜査本部

I

「ドラよけお涼」こと薬師寺涼子には無数の欠点があるはずだが、その中に「臆病」という項目はない。危険があれば好んで近づくし、なければ自分で生産する。彼女が「このごろ兇悪事件をでっちあげる手間がはぶけて楽だ」とうそぶいたのは、彼女一身《イッシン》のこととしては嘘ではないのだ。

気の毒なノックス二世《ジュニア》が惨殺《ざんさつ》されたとき、八〇〇人収容のシアターは半数ほどの席が埋まっていた。観客たちは一時、足どめされたが、やがて姓名と船室番号を記録した上で引き取ることを許可された。何しろ船上のことなので、逃亡するのは不可能なはずだ。

加えて、乗客全員のパスポートは船があずかっている。香港《ホンコン》に入港する際、船のほうで乗客全員の入国審査をまとめてすませ、上陸の前に乗客各自に返却するのだ。このほうが乗客にとっても手続きが簡単で確実なのである。キャビンキーがパスポートの引きかえ券を兼ねている。

観客たちは列をつくってシアターを出ていった。血の匂いが立ちこめる舞台の上から、私はそれをながめた。若い男、中年の男、また若い男……。

「やっぱり大部分が男だな」

あらためて呂 芳 春《ルイ・ファンチュン》こと貝塚さとみ巡査の観察が正しいことが確認できた。

だいたい客船の乗客というのは男女のカップルで一室というのが基本だから、男女の比率はほぼ半々になるはずだ。女性は同性の友人どうしで船旅をするということもあるから、その分、女性のほうがいくらか多くなる。日本ではめったにないことだが、家族で船旅をする人が外国には多いから、子どもの姿も見られるはずだ。だが子どもの姿はまったくない。

「夜おそくのショーだし、子どもは寝ていたかもしれないわね」

そういったのは由紀子だ。一理あるが、それは船客のリストやパスポートを検証すればすぐわかる。このような事態に立ちいたった以上、船客のプライバシーが制約されるのはしかたない。

私たちは「捜査本部」に集まった。どう交渉したものか、「喫煙室《シガールーム》」をまるまる涼子が召しあげ、「一般客立入禁止《スタッフ・オンリー》」の札をかけたのである。これまで私が体験したなかで、もっとも豪華な捜査本部だ。一〇メートル四方ほどの広さ、重厚なヨーロピアン調の家具、落ち着いた色調のカーテンに、彫刻と水彩画ときている。

私たち、というのは、日本国の警察官六名である。警視が二名、警部補が二名、巡査が二名。ずいぶん頭でっかちの体制だが、いたしかたない。

「いやいや、絶妙のバランスですよ」

岸本が妙に感心している。

「キャリアが三人、ノンキャリアが三人。女性が三人、男性が三人。なかなかこういう配役はできません」

何が配役だ。男女比はともかく、全国の警察組織のなかではキャリアひとりに対しノンキャリアは四〇〇人以上という計算になるのだから、両者が同数でバランスがよいはずがない。もっとも、過去の例よりましだ。キャリア三人に対しノンキャリアひとりということが何度もあったのだから。

「お前、あんまりよけいなことをいうなよ。警視ふたりが主導権あらそいなんぞ始めたらまずいだろうに」

「ご心配なく、これこそボクの深慮遠謀ですから」

「シンリョエンボーってどういう意味か知ってるよ

な」

　思いきり皮肉にいってやったが、さすが大物というべきか、岸本は動じる色もない。

「ボクが何もいわなくったって、あのおふたり、どうせ角突《つの》きあわせますよ。そうでしょ？」

「その点は同感だが」

「ですから、あえてバランスを強調し、おふたりの指導者としての自覚をうながしたわけですよ」

　いっこうに説得力がなかったが、岸本を追及している場合ではない。クレオパトラ八世号の幹部乗員たちが、呼ばれて「捜査本部」へやって来たのだ。

　ノルウェー人の船長。中国系アメリカ人の事務長。アイルランド系カナダ人のホテル部門支配人。そして日本人の幹部もいた。

「町田《まちだ》と申します」

　中年の男性が英語と日本語の名刺《めいし》を出す。

「クルージング・ディレクターをつとめております」

「巡航演出家？」私はとまどったが、説明によると、船内のショーやイベント、寄港地におけるオプショナル・ツアーなど、観光・娯楽部門の責任者なのだそうだ。

「そうすると、ショーに出演する芸能人たちも、あなたが統轄《とうかつ》なさってるのですか」

「ええ、統轄というとえらそうですが、契約とかスケジュール管理とか、マネージメント全般を引き受けておりまして……あの、こちらから質問よろしいですか」

「どうぞ。お答えできないこともありますが」

「はい、ではあの、初歩的すぎて申しわけないのですが、これは殺人事件なのでしょうか」

　町田氏はいかにも不安そうに見えた。

「殺人の疑いがあります」

　由紀子の返答は慎重だった。

　常識からいって、ノックス二世《ジュニア》がステージの天井近くで自然死し、そのあと自分で首や手足を切り落とすなどありえない。殺人に決まっているのだ。それでもこの段階では「疑いがある」としかいえないので、涼子でさえ由紀子の対応にケチをつけようとはしない。

船上での治安維持は船長の責任と権限に属する。だが現実に兇悪な犯罪が生《しょう》じ、専門職の犯罪捜査官が乗りこんでいる場合、船長が捜査の権限をプロにゆだねるのは、当然でもあるし実効性もあることだ。

まあ正当な権利がなくとも、涼子が大よろこびで事件に手をつっこみ、ナサケヨウシャなく犯人をたたきのめすのは疑いない。まったくもって涼子好みの事件である。彼女をよけて通ろうとするドラキュラの襟首をつかんで引きずり倒し、ハイヒールでふんづけるのが、「ドラよけお涼」の本領というものだ。

町田氏は、せつなそうに溜息をついた。

「この船で殺人！　信じたくありませんが、捜査にはできるだけ協力いたします。それにしても、まさかわが家で殺人とは……」

「わが家とおっしゃいましたが、ご住所は？」

「この船です」

まじめくさって答える町田氏の顔を、私は見なおした。

「なるほど、で、陸上でのご住所は？　香港ですか、日本ですか？」

「陸上に、登録した住所はありません。私は船に住んでいるんです。ごくまれに船を離れるときにはホテルに泊まります」

船員とはそういうものなのだろうか。

「失礼ですが、給料はどのようにして受けとるのですか」

「銀行振込《フリコミ》ですから問題ありません」

「知人からの手紙などは？」

「会社あてに送ってもらって、必要なときには寄港先の事務所に転送してもらいます」

「日本へはお帰りにならないのですか」

「うーん、もう五、六年、帰ってませんね」

ノルウェー人の船長にも事情を聴《き》く。涼子は英会話の達人だが、念のため町田氏に通訳の協力を依頼した。二メートル近い身長、赤毛で赤ら顔の船長は、身ぶり手ぶりをいれて話してくれた。

「船長が直接、操船《そうせん》を指揮するのは、離岸《りがん》や着岸のときぐらいですね。あとはよほど危険が予想される場合です」

説明する町田氏に、由紀子が問う。

「たとえば海の難所といわれるような海域を通過するときとか？」

「まあそうですが、いまの時代、難所自体が減ってますし、それとわかっている海域をわざわざ通過はしませんよ。とくに客船ですから安全第一です。危険を冒《おか》して乗客に害がおよんだりしたら、会社の存続にかかわります」

今回の事件にとどまらず、かなり初歩的な客船のシステムから質問せざるをえない。そのあたりは先刻ご承知というところか、涼子はチャイナドレスの脚をこれ見よがしに組んで安楽椅子《あんらくいす》のひとつにふんぞりかえり、肘《ひじ》かけに肘をつき、完璧な形のあごを手に乗せて、何やら考えこんでいる。いや、何かをたくらんでいる。

「陸上への通信はできますね」

「電話でもファクシミリでもPC《パソコン》通信でも、衛星回線を使えば」

そういっていたのに、室町由紀子が日本の警察当局への連絡を依頼すると、もどってきた町田氏は困惑の表情で報告した。

「衛星回線がまったく使えなくなりました。申しわけございません」

「原因は何です？」

「わかりません。いま調べさせています」

「いつから使えるようになりますか」

「さあ、原因がはっきりしないことには」

私は涼子をかえりみた。涼子は案外、気を悪くしたようには見えなかった。

「使えないものはしかたないでしょ」

とのおおせ。由紀子は町田氏に、なるべく早く陸上との通信を回復させてくれるよう依頼したが、私はそれほど心配はしなかった。

通信が途絶《とぜつ》したこと自体が、外部に対して非常事態の発生を通告することになる。まず船会社がそれに気づき、各方面へ連絡するだろう。

「でも救助が来てみたら、船内に生存者がひとりもいなかったってこともありえるわけですよね。あの有名なメアリー・セレスト号事件みたいに……あいたッ！」

岸本の発言は、あまりにも時宜《じぎ》をわきまえないものだったので、たちどころに天罰《てんばつ》が下った。涼子が安楽椅子にすわったまま、ハイヒールの踵《かかと》で思いきり岸本の足を踏みつけたのだ。

Ⅱ

「メアリー・セレスト号の謎」というのは、たいていの怪奇事件録に載《の》っている有名な話だ。高校の英語の教科書で読んだ人もいるはずである。

西暦一八七二年一二月五日のこと。ポルトガルの海岸から西へ七〇〇キロ離れた大西洋のまっただなかで、アメリカの帆船メアリー・セレスト号がただよっているのを発見された。

メアリー・セレスト号は一〇名の乗員と二七〇トンの原料用アルコールを載《の》せ、一一月七日にニューヨークを出港してイタリアへ向かっていたのだ。発見した船の乗員が乗りうつって船内を捜索してみると、積み荷や食料や飲料水はそのまま残されていたのに、乗員の姿はまったくなかった。ダイニングルームには一〇人分の食事が並べられたままで、コーヒーはまだ温かく、ストーブでは火が燃えていた。

乗員たちはまったく突然に船から姿を消し、そのまま永遠に行方不明になってしまったのだ。

……という話で、たいていの人が「世にもおそろしい奇怪な実話」として知っている。私自身、小学生のころＴＶ番組で見てゾクゾクしたものだ。乗員たちは宇宙人に誘拐されたのか、それとも海中からあらわれた怪物におそわれたのだろうか。

で、真相はというと。

メアリー・セレスト号の救命ボートが消えていた。つまり乗客全員は何か緊急事態が発生したためにボートに乗りうつったのだが、今度は船にもどれなくなり、不運にもボートごと大西洋に沈んでしまったのだ。不明なのはボートに乗りうつった原因だけで、それ以外は謎でも何でもない。「まだ温かいコーヒー」などというのは、当時のマスコミが話をおもしろくするためでっちあげた話にすぎなかったのである。

メアリー・セレスト号の例はともかく、いざとなれば船を棄《す》てて救命ボートに乗りこむ、というのは、ひとつの選択肢である。とくに今回、巨大な客船のどこに何がひそんでいるか知れたものではない。船にこだわって乗客や乗員の安全がそこなわれてはならない。

そこで私は乗客の顔ぶれに関する呂芳春《ルイ・ファンチュン》こと貝塚さとみの報告を思い出した。涼子に声をかけ、歩み寄って低声《こごえ》で手短かに説明する。

涼子はうなずいて貝塚さとみを見やった。

「呂芳春《ルイ・ファンチュン》はなかなかいいところを見てるわね」

「参事官室で飼い殺しにしてるのは惜しい人材ですよ」

「何で飼い殺しなの。適材適所《てきざいてきしょ》じゃないのさ。それより、どう思う？」

「男性客たちの正体、ですか」

「そう」

「まあまさか全員があやしいやつだってことはないでしょう。それをいうなら私や阿部巡査だって豪華客船の乗客には見えないでしょうからね」

私は半分、自分にいい聞かせたのだった。ホセ・モリタの用心棒の他に、ラ・パルマ麻薬組織のメンバーが乗りこんでいるのは疑いようがない。まさか一〇〇人単位ということはなかろうが、双方が船上で殺しあうという事態になったらまずかろう。

「そうなったら、連中のかってにさせておけばいいじゃないの。あたし、悪党どもの共倒《ともだお》れとか共食《ともぐ》いとか、大好き！」

じつは私も好きなのだが、賛意を表明するのはやめた。室町由紀子が眉をひそめてこちらを見やったからである。

乗客と船員、合計して一五〇〇名以上のリストを調べる。事情聴取もしなくてはならない。たいへんな仕事ではあるが、何だかひさしぶりに犯罪捜査官としてのマトモな職務をはたしているような気がした。

「遺体も調べなくてはならないわね。死因を確定する必要があるし」

「船医《ドクター》に協力してもらいましょう。首や手足が切断されたのは生前か死後か、とりあえずそれだけでも知りたい」

「船客の行動を制限するのはまだ早いわね。かえって動揺させるだけだし」

「とりあえず船長のほうから必要最小限の呼びかけをしてもらいましょうか。船内新聞もあることですし」

右のような会話をかわしているのは、室町警視と泉田警部補、つまり由紀子と私である。

喫煙室《シガールーム》の中央にマホガニーのテーブルが置かれ、そこに船内各デッキの図面をひろげての会話だ。いずれ操舵室《ブリッジ》でコンピューターの画像を見せてもらうことになるだろうが、とりあえずはローテクから始めたわけである。

阿部巡査はドアを背にして立ち、侵入者を巨体ではばむ構え。貝塚さとみ巡査はせっせとお茶のサービス。岸本は右往左往《うおうさおう》して、いっこうに役に立たないが、ふんぞりかえってサービスを要求したりしないのはけっこうなことだ。

涼子が立ちあがってきて、私に声をかけた。

「泉田クンだけついておいで。芸人さんたちに事情聴取するから」

いうなり歩き出した。私は由紀子に目礼《もくれい》して、女王さまのあとにしたがう。

廊下を歩きながら涼子が声をとがらせた。

「君、いつからお由紀の手下になったの？」

「手下になったわけじゃありませんよ。捜査のために、心ならずも協力しているだけです」

「心ならずも」という部分を強調してみせると、涼子は疑惑の視線を私に向けたが、口に出しては何もいわなかった。

何十人もの芸人たちを「捜査本部」に呼びつけるのは大変だから、こちらから出向く必要があったのだ。「クルージング・ディレクター」の町田氏の手配で、窓のないいささか殺風景な控室に全員が集まっていた。

芸人たちは半ば恐慌《パニック》状態だった。自分たちの仲間がステージ上でバラバラ死体になってしまったのだから無理もない。とくにうら若い女性たちは、極度に資源を節約した舞台衣裳《いしょう》の上にハーフコートやジャケットをはおった姿で尋問に応じてくれたが、泣きじゃくって結局、大して役には立たなかった。

「二世《ジュニア》は異性関係と金銭については多少だらしのないところがありました。その点、亡くなった父親からはよくお説教されていたようです。でもそれ以外はいたって善良な男で、あんな無惨《むざん》な殺されかたをしなきゃならない理由は、とても思いあたりませんし
男性ダンサーや舞台装置担当のスタッフなどの証言をまとめても、判明したのはそのていどのものだった。町田氏は、契約に何ら問題がないことを力説《りきせつ》したり、女性ダンサーたちをなぐさめたり、多忙《たぼう》を

きわめている。

すでに船内図で確認しておいたことだが、念のために尋ねてみる。

「ステージの天井の上はどうなっていますか」

「第一〇デッキのカジノです」

「カジノね、もう開いてるの？」

「は、はい、六時三〇分にオープンいたしました」

「その時刻に領海外に出たことになるわけね」

国際法では各国の領海は陸地から一二海里《かいり》までとみなされる。一二海里は約二二・二二キロ。客船などでは出港して一時間三〇分たつと「領海外に出た」とみなして、カジノや免税店《DFS》を開くのが一般的だ。

「カジノを立ち入り禁止にしますか、警視？」

「まだいいでしょ。いずれ調べるけどね。ここはいったんこれで終わり」

芸能人たちに捜査協力への礼を述《の》べ、町田氏をガイド役にしてつぎの目的地へ向かった。乗員専用のエレベーターに乗りこむ。船客用のものとちがい、何の装飾もなく、ひたすら実用的だ。テーマパークと同様、人工的な非日常性の世界の裏側とはこんなものだろう。

「厨房《キッチン》と冷凍室は本来、部外者にはお見せできないのです。保健所や検疫《けんえき》の問題がありまして」

エレベーターのなかで町田氏が説明する。もっともなことだ。犯人が何者か知れないが冷凍庫内に身をひそめているとは思えないし、現時点で無理に冷凍庫の内部を見せてもらう必要もなさそうだった。ついでという感じで、ひとつだけ尋《き》いてみる。

「冷凍庫は内部からは開くものですか？」

「開きません。ただ万が一にもだれかが閉じこめられたりしたら大変ですから、非常ベルは設置されています」

操舵室《ブリッジ》は船首にあり、広々としていた。二一世紀の船に舵輪《だりん》などはなく、計器類はむしろ旅客機の操縦室《コクピット》を思わせる。担当の航海士がふたり、ドイツ人とギリシア人ということだが、各自の席で操作卓《コンソール》に向かっていた。前方は一面強化ガラスの窓だが、ひたすら夜のマントがひろがっているだけで、航海士たちは目もくれない。レーダーすらめったに見ず、航海用の通信衛星から指示される航路を守り、自信に満ちて船を進めている。かたわらに紙コップが置かれて、コーヒーが湯気を立てている。

くだらない質問を、私は町田氏にしてみた。

「船ってのは、カニみたいに横へは動けないんでしょうね」

「動けますよ」

「え、ほんとに⁉」

「サイド・スラスターという装置がありましてね」

船体の水面下の部分に、船体を横につらぬく形でトンネルをあけ、その内部に電動プロペラを設置して、横向きの水流をおこす。水流の強さをコントロールして、船体を横に動かすのだそうだ。

船のことに関して、さまざまな知識を町田氏は教えてくれた。本来、マネージメントの人で船の専門家ではないということだが、乗客に質問を受ける機会も多いのだろう。

Ⅲ

「燃料は石油ですが、自動車用のガソリンみたいにさらさらした透明なものではありません。どろどろの重油というやつで、色は茶色から黒ですね」

「どれくらい積《つ》んでいるものですか」

「満タンで一七〇〇トン。九日間、補給なしで走れます。香港まででしたら往復できますよ」

一七〇〇トンの重油をつみこんだ巨大船が、テロに用いられる危険性があるだろうか。ふとそう思ったが、船には飛行機のようなスピードはないし、港へ突っこむにしてもその前に阻止《そし》されるだろう。とりあえず、その懸念《けねん》はあとまわしにすることにした。

操舵室《ブリッジ》を出てデッキを歩きながら、町田氏が上方を指さした。

「船の煙突《えんとつ》のことをファンネルといいますが、いまどき黒い煙は出ません。エンジンなどからの排気を船外に排出するわけで、いわば換気装置ですが、それだけならあんなに大きくする必要もないのです」

むしろ船の象徴として、りっぱにつくってあるのだそうだ。昔はファンネルの数が多いほど船の格が高い、と見られていて、その伝統が現在でもつづいているのだとか。

こうしてずいぶん多くのことを、船に関して教えてもらって、私たちは「捜査本部」に帰って来たが、物識《ものし》りになった、とよろこんではいられない。巨大な船内のどこに、気の毒な奇術師を惨殺した犯人がひそんでいるか知れないのである。ひとつまちがえば、「ドラよけお涼」の命令一下、あのみごとなファンネルによじ登って犯人と追いかけっこしなくてはならないのだ。


「いや、そういうことは本官のような平《ひら》巡査がいたします。警部補は後方で指示を出してください」

阿部巡査がいってくれた。顔も声も一見《いっけん》おっかないが、誠意にあふれている。じつに好人物である。

私は苦笑して、「そのときはよろしく」と応じた。

「だがそれより交替ですこし休めよ。根《こん》をつめすぎても、いい結果は出ないぞ」

「本官は平気です。警部補どのこそお先にどうぞ」

そうもいかない。最上席の警視ふたりが休もうとしないからだ。ただふたりとも同時に席をはずし、岸本もトイレにいったので、そなえつけの中国茶を飲んでノンキャリアたちはひと息いれた。貝塚さとみが口を開く。

「そういえば、わたしたちが東京にもどってきたとき、刑事部参事官室はなくなってるんじゃないかなんていってましたっけ……」

「だれがそんなことを？」

「丸岡警部どのですぅ」

「あの人もなかなかいうな」

丸岡警部の、どこかつかみどころのない表情を私は思いおこした。もうすこし組織内でうまく立ちまわっていれば、伝説の名刑事のひとりとして退職できたはずの人だ。

「ま、それならそれでいいじゃないか。お前さんたちみんな一芸に秀《ひい》でてるんだ。どこの部署《ぶしょ》にいっても、きちんとやっていけるさ。もうドラよけお涼の配下《はいか》だというので、白い眼で見られることもないし、かえって実力を認められるいい機会じゃないか」

中間管理職としては奇妙な慰め方だったと思う。すると、小首をかしげた貝塚さとみ巡査が応じた。

「でも、そうなると泉田警部補はお気の毒ですぅ」

「おれが?」

めんくらう私に、貝塚さとみは円《まる》い瞳を向けた。

「だって泉田警部補は、みんながいなくなってもこれからもずっと……」

「おいおい、めったなことをいうなよ」

あわてて彼女を制止したのは阿部巡査だ。ちょうど室町由紀子が姿を見せたので、私も立ちあがった。由紀子は医務室で船医《ドクター》に会って、奇術師の死体について報告を聞くという。彼女に求められて私は同行した。薬師寺警視への伝達をふたりの巡査に頼んでデッキへ出る。ちょうど救命ボートが何隻も並んでいるそばを通った。

だいたい「ボート」という呼びかたがよくないのかもしれない。東京都内の池でカップルがオールを動かすのとはわけがちがう。上下左右が完全に密閉されたカプセル型で、マイクロバスぐらいの大きさがある。万が一、上下が完全にひっくりかえっても、海面に浮きつづけていられるのだ。

一九一二年のタイタニック号の沈没は、客船史上最大の事件だった。もっと多くの死者が出た沈没事故はあるが、タイタニック号の手痛い教訓によって、「海上人命安全条約《SOLAS》」が結ばれ、乗客全員が乗りこめるだけの救命ボートをそなえることが、全世界の客船に義務づけられたのだ。

医務室のドアをたたくと、フィリピン人だという看護婦が姿を見せた。体格のいい女性だが、彼女自身が卒倒《そっとう》寸前の病人のように見えた。風邪《かぜ》や船酔いの患者ならともかく、あれほど無惨な死体に直面するとは思っていなかったにちがいない。

スコットランド系ニュージーランド人だという船医《ドクター》は、陽気とはいえない表情だったが、いちおう落ち着いて由紀子の質問に答えた。由紀子の英語は涼子ほど流麗《りゅうれい》ではなかったが正確だった。船医《ドクター》は本来の専攻は小児科ということである。

「切断面を見ると……いや、これは切断されたというより、ちぎられたといったほうがよろしい」

「嚙《か》みちぎられたのですか？」

由紀子の問いかける声はわずかに蒼《あお》ざめていた。もちろん声に色がついていればの話だが、答える船医《ドクター》の声も同様だった。


「いや、引きちぎられたんだね、これは」

由紀子は軽く息を吸いこんで、吐き出すのを一瞬、忘れたようだった。

恐怖とおなじくらいの同情があった。ノックス二世《ジュニア》は独創性に欠ける奇術師だったかもしれないが、これほどひどい死にかたを強《し》いられるような罪人《つみびと》ではなかったはずだ。

ちらりと見た（ような気がする）銀色の物体のことを私は考えた。結論どころか、思考の糸口さえつかめない。あれは何だったのか。涼子なら正体がわかるのだろうか。

「捜査本部」にもどって報告すると、すでに涼子ももどっていて、船内図をにらんでいた。やたらと室内を歩きまわっていた岸本が、口を開いた。

「まだ日本の領海みたいなもんでしょ？　海上保安庁か海上自衛隊に来てもらえばいいじゃありませんか」

「自衛隊ってことはないだろ。外国の軍隊に攻撃されたわけじゃない」

「でも怪獣におそわれたのかもしれません。怪獣なら自衛隊の出番ですよ」

「怪獣って、おい……」

「まず船をおそい、つぎに大都市に上陸する。これが怪獣の典型的な行動パターンです。社会心理学的にいいますと、『海から何かがやってくる』という、陸に住む人間の深層心理にひそむ恐怖を反映しておりまして……」

「いいかげんに舌を動かすのをやめないと、あんたの脳ミソを物理的に分析してやるわよ」

涼子が言行一致《げんこういっち》の人物であることを知っているので、岸本は口を閉じた。日本警察における最高のサブカルチャー研究の権威の講義を、私は聞きそこねてしまったが、この際はあまり残念でもなかった。

「連絡なんかとれなくてもいいのよ。つまりよけいなジャマがはいらないってことだから、こちらのつごうのいいように解決できるじゃないのさ」

「それでいいの、泉田警部補？」

たまりかねたような室町由紀子の声である。

「はあ、上司がそういうのでしたら」

由紀子は私の良識を期待していたのだろうが、私はそれに応《こた》えられなかった。陸上では上層部《おえらがた》がせめて半月の平穏を祈ってグラスをかたむけたであろう。彼らの眠りをさますのは気の毒である。それに、これまでの経験からいっても、涼子の反良識的なヤリクチでなければ解決できないような奇怪な事件が、たしかに存在するのだ。

「それじゃまずホセ・モリタの詐欺師野郎を尋問しましょ。ことわったらあいつが犯人！」

反対する者がいなかったので、いい気になって涼子が指揮権を振りまわす。

ホセ・モリタはどうしても自分のスイートに私たちを入室させる気はなさそうだった。そうなると、廊下で立ち話するわけにはいかない。恐縮のきわみではあるが、もと大統領閣下には「捜査本部」までご足労《そくろう》いただくことになった。拒否されるかもしれない、と思ったが、その点は杞憂《きゆう》だった。

ホセ・モリタは人相の悪い義弟をしたがえて出現した。一ダースぐらいの用心棒は廊下で待機させ、ひときわりっぱな安楽椅子にふんぞりかえると、傲《ごう》然《ぜん》といってのけた。

「これは私をねらったテロリストのしわざだね」

「テロリストハミナゴロシダ！」

「義弟のいうとおりだ。テロリストは文明と正義と自由の敵だ。だからこそ私がねらわれるわけだがね」

「つまりあなたは文明と正義と自由の象徴だとおっしゃるんですね」

涼子の声にも表情にも、冷笑の波動があふれている。

「ケンソンしてもはじまらないからね。私は正々堂々たる選挙で大統領に就任し、一、二年でラ・パルマに秩序と安定をもたらしたのだ。犯罪者やテロリストどもに憎まれるのは、私の名誉だよ」

「あら、日本人であることを隠しておいて、正々堂々たる選挙といえますの？」

涼子の放った皮肉の針は、ホセ・モリタの面《つら》の皮にとどく前にたたき落とされてしまった。

「テロリストハミナゴロシダ！」

ツガはみずからの手で六人の政治犯を射殺している。昔の西部劇のガンマンみたいに決闘したというならたいしたものだが、手錠をかけられた相手を一発でしとめることができず、何発も銃弾を撃ちこんだというのだから、この男は処刑人としてもおそまつなのだ。

Ⅳ

ホセ・モリタは口髭《くちひげ》の下で器用に唇をくねらせた。

「君たち日本人はまったく平和ボケだな。テイサイばかりつくろって、きびしい現実から目をそらす。いつまでキレイゴトばかり並べたてているつもりなのか、知りたいものだね」

「君たち日本人は、とおっしゃいましたけど、セニョール・モリタも日本人ではありませんの？」

抑制した口調ながら、反感をこめて室町由紀子が問うと、ホセ・モリタは口をつぐんだ。だがすぐに余裕たっぷりの笑顔をつくる。

「長いこと外国にいたものだから、ちょっと言葉づかいをまちがえたようだ。もちろん私も日本人さ。要するに私がいいたいのはだ、だいじなのはキゼンたる態度であって、犯罪者どもを甘やかしちゃいかん、ということだ」

まったく同感だ。ただ、そのことと、ホセ・モリタ当人に対する嫌悪感とは、りっぱに両立する。

このとき涼子が「録音《オトイレ》」と称して、急に「捜査本部」を出ていった。

ひきつづき由紀子が、ボディガードたちの人数や身元について質問したが、ホセ・モリタはまともに答えようとしなかった。

由紀子や私の面前で、モリタとツガは密談している。私たちに話を聞かれてもいっこうにかまわぬ、といいたげで、声をひそめもしない。それも道理で、彼らはスペイン語を使って話しているのだった。ラ・パルマは南アメリカ大陸の国であり、いうまでもなくスペイン語圏なのである。

ときおり彼らが由紀子や私のほうを見て、薄いやら軽いのやらさまざまな笑いを浮かべるのは、明らかに私たちを侮蔑《ぶべつ》しているのだった。何をいってもこのまぬけな日本人警官たちは理解できやしない、と思っているのだ。

私はせいぜい憮然《ぶぜん》たる表情をつくって、彼らの下劣な期待に応《こた》えてやった。すこしは演技力をほめてもらってもいいと思う。私のスーツの内ポケットでは高性能のMD《ミニディスク》がせっせと働いており、モリタとツガの会話をすべて録音しているのだった。英語とフランス語を自在にあやつる涼子は、スペイン語にもかなり精《くわ》しいので、あとで聞けば内容がすっかりわかるはずだ。そのていどの事前の打ちあわせは、平和ボケの日本人でもちゃんとしてある。

ほどなく「録音《オトイレ》」から帰って来た涼子は、鋭い視線で室内の空気を切り裂くと、口をつぐんだモリタとツガに三歩ほど近づいて、いきなり冷嘲《れいちょう》をあびせた。

「日本語ができないふりもほどほどにしたら？　ヘタなおシバイにつきあうのはもううんざり」

ツガの表情が変わった。シャッターがおろされたのか、逆に引きあげられたのか、音もなく顔の筋肉が動いて、兇相《きょうそう》の天然色見本をつくり出した。思わず阿部巡査が巨体を動かし、岸本が私のうしろに隠れそうになったほどだ。

「悪党なら悪党らしくふるまうことね。きびしい現実から目をそむけて、テイサイをつくろってるのはあんたたちのほうでしょ。みぐるしいったらありゃしない」

涼子は必要とあればいくらでも礼儀を守ることができる。できるのにそうしないのは、いまや涼子が宣戦布告を意図《いと》したということだった。

私同様そのことを室町由紀子も知っている。

「お涼……」といいかけて口を閉じたのは、「薬師寺警視」と呼びかけるべきだと思ったのか、それ以外に思うところがあったのか。いずれにせよ、私が涼子をとめなかったように、由紀子も制止しなかった。

涼子は一段と鋭くホセ・モリタを見すえた。

「知っていることがあったら、いまのうちにいっておくことね。あとで泣きついてきても、助けてあげないから」

ホセ・モリタは余裕ありげに腹をゆすってみせた。

「君のいうとおりにして、私に何のメリットがあるのかな」

「メリットって利益のこと？」

「まあそういうことだ」

「あんたはサムライなんでしょ。サムライのくせして、利益がどうのこうの口にするなんて、ゲスな商《あき》人《んど》とおなじじゃないの。それともサムライ業という看板で、これ以上みんなをだませるとでも思ってるわけ？」

ホセ・モリタは豪快に笑おうとして失敗し、奇妙な形に口もとをゆがめた。

「セニョリータ・ヤクシージ、私は大統領だったころ、君によく似たラ・パルマ人の女性をひとり知っていたよ」

「ミス・ユニバース大会のラ・パルマ代表？」

「ふん、えらい自信だな」

「だって、よく似てるんでしょ」

「なるほど、いや、似ているのは性格であって顔じゃない。父親から受けついで、新聞社を経営していたがね」

ホセ・モリタの顔に惨毒《さんどく》の雲がかかった。

「まったくバカな女でね。報道や言論の自由なんぞより治安維持とゲリラ撲滅《ばくめつ》とがラ・パルマにとって重要だということを、いくら説明してやっても理解できんのだ。私は何度その女に独裁者よばわりされたか知れんよ」

「その女性はいまどうしてますか？」

不快さを抑制した声で、室町由紀子が問いかける。悦《えつ》に入った笑声が応《こた》えた。

「私がラ・パルマを出国する前に死んだよ」

「あんたが殺したのよね」

と、証拠もないのに涼子が決めつける。じつは私も同感だった。

ホセ・モリタはわざとらしく口髭をひねった。

「私を怒らせようとしても無益だよ。彼女は愚《おろ》か者にふさわしく、階段から落ちて死んだんだ。くだらない死にかたをしたものさ」

ホセ・モリタは義弟のツガをうながすと、許可を求めようともせず、平然と立ちあがって「捜査本部」を出ていった。あざけるような音をたててドアが閉まる。涼子が低い声を出した。

「泉田クン」

「何です？」

「あのホセ・モリタのやつ、どんなに気にくわなくても殺しちゃだめよ」

私は涼子の横顔を見やった。なめらかな頬が上気し、瞳に炎が燃えあがっている。

「あなたがぶっ殺すからですか」

涼子が返答するより早く、由紀子が正論をとなえた。

「ホセ・モリタ氏の人格はともかく、今回の事件の関係者という証拠は何もないのよ」

「あたしとアメリカ軍のやることに、証拠なんていらないわ」

私は上司の発言に暴走の予兆《よちょう》を感じとった。

「ご存じとは思いますが、ホセ・モリタはただの詐欺師じゃありませんよ。大統領だったころ、治安維持のためと称して、先住民を虐殺したり、ゲリラの故郷の村を住民ごと焼きはらったり、およそ手段を選ばない人物だということです」

「そういう話して楽しい？」

「楽しくはありませんよ。部下として、上司には自重してほしいだけです。あまりうかつに手を出すと、毒の牙に噛《か》まれますから」

「君の発言、すごく効果があるのよね」

「どうせ逆効果というんでしょう」

「へえ、よくわかってるじゃない」

涼子と私の会話を聞いていた由紀子が、何やら苦しげな呼吸をして、マホガニーのテーブルに両手でつかまった。

「さっきから気になってたんだけど、何だかすごく揺れてない？」

「それほどでもないと思いますが」

八万トンの巨船だ。まして最新式の横揺れ防止システムがそなえられている。よほどの大波でないと揺れは感じない。だが由紀子はどうやら船酔いする体質のようで、一分ごとに表情が頼りなくなっていく。これは自分の意志や努力とはかかわりないことだ。

由紀子の顔色はよくなりそうになかった。自分から「休む」といい出せる女《ひと》ではないから、ここはだれかが休息をすすめる必要がある。

「まあしばらくベッドに横になって、目を閉じるんですね。目からはいる情報を遮断《しゃだん》するんです」

船が揺れると、耳の奥にある三半規管《さんはんきかん》が、「いま揺れてますよ」という情報を脳に伝える。ところが目で見ても、船全体が揺れているのだから船内にいる人間には揺れているように見えない。だから目は脳に対して「いま揺れてませんよ」という情報を送る。相反《あいはん》する情報を同時に伝えられて、脳は混乱する。それが船酔いの原因になる。

そこでベッドに横になって目を閉じると、目からの情報が脳に伝わらなくなる。「揺れてますよ」という三半規管からの情報に統一されるので、脳はその情報にもとづいて事態を判断し、身体機能の混乱がしずまる、というわけだ。

私の知識はツケヤキバでしかないのだが、とりあえず由紀子は納得したようで、すなおにうなずいた。

「ありがとう、泉田警部補、そうします」

「そうしてください。事態が事態だから、ひとりでいるのは避けたほうがいい。呂《ルイ》、じゃない、貝塚巡査、つきそってあげてくれ」

「あ、はい、かしこまりましたあ」

貝塚さとみが由紀子に寄りそい、ふたりは「捜査本部」を出ていった。涼子が美しい脚を組みなおしつつ、ニクマレ口をたたく。

「船酔いなんかする軟弱者に、必要以上にやさしくしなくてよろしい」

「必要だと思いましたので。あなたもです、そろそろひと休みなさったがいいですよ」

「あたしは船酔いしない体質《たち》なのよ」

「あなたが休んでくださらないと、下の者が休めません」

「あ、そうか、そうよね。うん、わかった」

　意表を突かれたように、涼子はうなずく。そのようすは、ものわかりのよくなったキャリア官僚というより、少女っぽいみずみずしさを感じさせて、「悪の女王」といういつもの印象をあざやかにくつがえす。

　意外に少女っぽいところがある、という点で、涼子と由紀子には共通点があるのだが、そんなことを指摘しても、ふたりとも怒らせるだけだろう。

「ま、お由紀の軟弱者は自分から退場したんだから、以後あたしの捜査法にクチバシは差しはさませないわ。あいつのクチバシときたら、ペリカンなみに大きいんだから」

　岸本が失笑《しっしょう》しかけ、あわてて表情をつくろう。由紀子の端麗な顔にペリカンのクチバシがくっついた姿を想像したにちがいない。

「船酔いがなおったら復帰しますよ」

「あら、病人なのに無理することないわよ。ずうっと船室《キャビン》で横になってたら、そのうち犯人がバラバラにしてくれるでしょうよ」

「そうつごうよく室町警視ばかりをおそうとはかぎりませんよ。あなたを攻撃してくるかもしれません」

　いちおうそうたしなめてみた。

「そうなったらますますつごうがいいじゃないの。バラバラ犯ごときに、あたしがびびるとでも思う？」

「あなたがそこでびびるような女《ひと》なら、私の苦労も七七・五パーセントくらいは減《へ》るんですけどね」

「何よ、その七七・五パーセントって」

「気にしないでください。単なる感覚の数量化《すうりょうか》ですから」

「気にはしないけど、気にくわないなあ」

涼子は手を伸ばし、私のネクタイをつかんで軽く引っぱった。

「覚悟しておくのね。一生、苦労させてやるから」

このとき岸本と阿部巡査は見ないふりをしてくれたようであった。

第四章　何かがどこかにいる

I

窓の外で、夜が音もなく朝に世界の支配権を譲りわたした。残念なことにサファイア色の快晴とはいかず、不景気な灰色が水平線の彼方《かなた》から押し寄せてきただけである。

仮眠したのは三時間ほどだったが、睡眠のリズムがうまくとれたのか、それほど不快なめざめではなかった。

熱いシャワーで眠気の残滓《ざんし》を完全に洗い落としたところへ、電話が鳴った。つまり船内の電話はちゃんと通じるということだ。

「朝食まででしょ？　つきあいなさい」

予想どおりの人物から、想像していたとおりの命令だった。私はいちおう身なりをととのえて、涼子のスイートのドアをたたいた。

今日の涼子はチャイナドレスではなくスーツのタイトなミニスカートだった。どのみちたぐいまれな脚線美は思いきり誇示している。

有料レストランに向かった。これほど巨大な船だと、どこへいくにしてもかなり歩きまわることになる。万歩計を持参しても、けっこういい数字が出るだろう。

タイ人らしいウェイターに先導されて一番いい席に着くと、涼子はメニューを一瞥《いちべつ》してすぐ注文の品を決めた。

「あたしはベジタブルコースにする。君は？」

「ではおなじもので」

私は付和雷同《ふわらいどう》することにした。ベジタブルとはつまり精進《しょうじん》料理のことだ。最初から期待していなかったが、朝食としては充分のはずだった。

ほどなく運ばれてきたのは、サモサ、チリコンカーン、豆腐と野菜のスープ、アイスジャスミンティーというメニューだった。インド風カレーコロッケともいうべきサモサは、ちょっとした大人《おとな》の拳ほど大きいのが二個。チリコンカーンとスープは、丼《どんぶり》ぐらいある深皿になみなみと。アイスジャスミンティーはビール用の中ジョッキに一杯。どうやら見くびっていたようである。

　涼子は見ていて気持ちよくなるような食べかたをする。食べたものがムダな脂肪にならず、そのまま活力となって燃えあがり、かがやくという体質らしい。つられて私も朝からけっこうな量を食べた。今日一日どれほどハードな行動を強《し》いられるかわからないのだ。充分にエネルギーを補充しておく必要があった。

　レストランを出て船内を歩く。吹きぬけの大ホールに面して免税店《DFS》がつらなり、宝石、時計、香水、バッグ、ウィスキーなどブランド品が店内の空間を埋めつくしていた。

「免税店で何か買う？」

「とくにほしいものはありません」

「だれかにプレゼントは？」

「あげる相手がいませんよ」

「いるのに気づかないだけでしょ」

　私がどういう表情をすべきか決められないでいると、涼子は視線をショーケースに向け、豪華客船の免税品としてはミソッカスな感じのブローチを指さした。フクロウを形どった錫《すず》の製品だ。

「あれ、いいわね。ほしいな」

「あんな安物《ヤスモノ》をですか？」

「高価なのは飽《あ》きたのよ」

　そんな台詞《せりふ》を口にする機会が、私の一生にあるだろうか。

　私はポケットのなかでキャビンキーをにぎった。

「じゃ私がミツぎましょう」

いってから、プレゼントの品を買うという行為がけっこう心はずむものであることを、私は思い出した。しばらく忘れていたのだが。

涼子は私に視線を向けて、軽くうなずいた。

「よろしい、受けとってあげよう」

私がレシートに署名していると、中年の女性が小走りに近づき、あわただしく涼子にささやきかけた。この船の事務長であることに、私は気づいた。青いジャケットに四本ラインの腕章をつけているのは、最高級士官《オフィサー》の証明である。

涼子は両眼に鋭気《えいき》の光をたたえて私に呼びかけた。

「あたらしい犠牲者が出たわ」

「ふたりめのですか⁉」

私は思わずボールペンをにぎりしめた。涼子は、色をうしなった事務長の顔をちらりと見てから答えた。

「半分だけ正解」

「どういうことです？」

「ふたりめ、三人め、四人め」

抑揚《よくよう》をつけて涼子は告げる。音楽的な声だが、示唆《しさ》するものに私は慄然《ぞっ》とした。三人まとめて殺されたというのだ。

「死の豪華客船」

三流ハリウッド映画じみたフレーズが、私の脳裏でネオンサインを点滅させた。もちろん口には出さなかった。あまりにも不謹慎だ。だが私の上司はというと。

「皆殺しの豪華客船ってところね」

不謹慎を二乗したような台詞《せりふ》をいってのける。

「それとも『血まみれの女王《ブラッディ・クイーン》』、『呪われた航海《クルーズ》』、『恐怖の海』、どれが一番いいかしらね」

口では無責任なことをいいながら、両眼に流星のような光芒《こうぼう》をたたえて歩き出す。その鋭気に満ちた表情、活力にあふれた足どりが、まぶしいほどカッコいい。右足で悪を踏みつぶし、左足で男どもを蹴散らすアテナ女神そのものだ。

透明壁《シースルー》のエレベーターで第六デッキまでおりると、ちょうど室町由紀子と岸本明がべつのエレベーターからおりてきたところだった。

廊下を歩くうち、さらに阿部と貝塚の両巡査が息を切らせて追いついてきた。すぐ現場に着く。捜査本部員、全員集合というわけだ。蒼白な顔の船員が三、四人、私たちをドアの外で迎えた。〇六四六号室と記されていた。

窓のない船室だ。もっとも価格の低い、インサイド・ステートルーム。二段ベッドを使って、四人まで宿泊できる。広さは一流ホテルのシングルルームというところで、さすがに調度は安っぽくはないが、大の男が四人で共用するとさぞ窮屈《きゅうくつ》だろう。こんな船室に押しこめられていた男たちの社会的地位が想像できる。シタッパの悲哀というやつだ。

天井にも壁にも床にも、稚拙《ちせつ》で不快な血の絵画が描かれている。各処に、これまた稚拙でグロテスクな彫刻の破片がころがっていた。ちぎれて放り出された腕や脚。そしてスイカかカボチャのような丸い物体が三つ。

恐怖や生理的嫌悪《けんお》感は当然せりあがってきたが、あまりにも非現実的な光景なので、どこかで神経の回路がカットされたらしい。騒ぐ者はいなかった。私はすぐ右隣りにいた由紀子に、いささか場ちがいな質問をささやきかけたほどだ。

「船酔いのほうは、もうよろしいんですか」

由紀子はかるく柳眉《りゅうび》をひそめた。

「泉田警部補、ここは捜査現場です。私的な会話はつつしんで」

「失礼しました」

スナオに私は自分の非を認め、室内に視線を転じた。さらに場ちがいな声がひびいた。

「おーお、えらそうに。職務に生きるカッコよさを演出してるつもりか知らないけど、他人の親切を無《む》にするのは、単に心がせまいだけとちがうの、風紀《ふうき》委員長サマ！」

由紀子は音をたてるほどの勢いで頬を染めた。

「泉田警部補にはあとできちんとお礼をいうつもりだったのよ。でも、いまはそれどころではないでしょ」

「へえ、つごうのいいこと。どんなときでも礼儀を守れとかえらそうにいってるくせしてさ」

「どんなときでもといっても、いまは……」

「お二方《ふたかた》、ここは捜査現場ですから」

私はたしなめた。ふたりの場ちがいな口論の原因はもともと私にあるのだが、だれかがとめないと際限がなくなる。ふたりはだまった。由紀子はほっとしたように、涼子は不満げに。

それにしても、船員たちによるとドアは内側からロックされていたそうだし、窓は最初からない。密室殺人というやつである。三人を惨殺した犯人は、どこから出入りしたのだろう。

アニメキャラの美少女の絵がついたハンカチで顔の下半分をおおっていた岸本が、天井近くの壁に位置する通風孔を指さした。

「わかりました。きっと犯人はこの通風孔から出入りしたんですよ！」

「どうやって？」

あきれたような、同時に詰《なじ》るような声は由紀子のものだ。彼女の反応は無理もない。パネルをはられた通風孔はほぼ正方形で、一辺はせいぜい二〇センチというところ。江戸川乱歩《えどがわらんぽ》の後期の通俗ミステリーではあるまいし、こんな狭い空間をくぐりぬけることができる犯人など、いるわけがない。

「あたしのウェストなら楽に通れるけど、お由紀は無理ね」

「わたしだって通れるわよ！」

「じゃ、あんたが犯人なの？」

「そんなわけないでしょ。だったらあなただって犯人の可能性があるじゃないの。いま自分でそういったでしょ」

「あーら、あたしはダメよ。ウェストは通ってもバストがつかえますもの。あんたとちがって、身体にメリハリがあるからね」

「わ、わたしは……」

「おふたりとも無理です、おなじ理由で」

かろうじて私は破局の回避に成功した。

「たとえ岸本警部補でも、この通風孔をくぐるのは不可能です。つまり、人間にはここを通りぬけることはできません」

「何だかボクひどいことをいわれてるような気がするなあ」

岸本がつぶやく。彼の認識は正しいが、涼子の反応はさらにムゴいものだった。

「いいのよ、あんたの存在そのものがひどいんだから」

Ⅲ

船客リストによれば、被害者三名の姓名は、河原《かわら》巧《たくみ》、入船守三《いりふねもりぞう》、安藤秀司《あんどうしゅうじ》。ただひとり生きのこった男は井塚歩《いづかあゆむ》という。当然、井塚には事情を尋《き》かなくてはならないが、尋問だろうと聴取《ちょうしゅ》だろうと、できるような状態ではなかった。目に見えない恐怖のハンマーで精神の背骨をたたきつぶされたらしく、失《しっ》禁《きん》の悪臭をただよわせながら、わめく、つぶやく、あばれる、頭をかかえて泣き出す。見るからに暴力団員の男を正常な意識の世界へつれもどすには、かなりの時間を必要としそうだ。

「もともと理性も国語能力もとぼしいやつが錯乱すると、どうしようもないわね」

涼子が舌打ちする。なぐったり蹴ったり麻酔なしで歯を抜いたりしてどうにかなるものなら、彼女はためらいなく、そうしたにちがいない。だがそういう状態ではないから、さすが暴君の涼子もあきらめて、唯一の生存者を医師にゆだねることにした。

体格のよい船員が四人がかりで井塚を医務室に運び、船医《ドクター》がたっぷり鎮静剤を注射した。ベッドに寝かせられた井塚は、疲れはてて眠りこんだようである。室町由紀子が船医《ドクター》に礼を述べ、あらたに「生産」された死者三人の検死を依頼すると、船医《ドクター》は天をあおいだ。承知はしてくれたが、盛大にグチをこぼしはじめる。

「前にもいったが、私はもともと小児科医なんだよ。麻疹《はしか》とかひきつけとか、そういうものなら専門的なこともいえるが、猟奇《りょうき》殺人など任ではないね。あなた方のほうが私などよりよっぽど精通《せいつう》してるだろうに」

「そうでもありません。死因については、ドクターのご意見が必要です」

「設備もないし、そうそう無責任なことはいえんよ。たとえば手術を要するような患者が船内で出たら、抗生物質を投与《とうよ》して症状をおさえておいて、陸上の専門家に引き渡す。私の仕事はそこまでだ。死んだ人には気の毒だが、まったく迷惑な話だよ」

殺人現場である〇六四六号室はもちろん閉鎖するとして、その周囲の船室《キャビン》はどうするか。必要とあれば一帯を封鎖し、船客は他の船室《キャビン》に移ってもらわなくてはならない。

「そういうことは事務長たちにまかせましょ」

涼子の辞書にある「まかせる」とは「押しつける」という意味だが、たしかにそうするしかない。

とりあえず井塚のかわりに、彼らを統率している「株式会社・敬天興業《けいてんこうぎょう》」の代表とやらを「捜査本部」に呼んだ。兵本達吉《へいもとたつきち》という肥満した色黒の中年男だ。いくつか由紀子が常識的な質問をした後、涼子が頭ごなしに問いかけた。

「で、どちらなの？」

「どちらって……」

「あんたたちはホセ・モリタを殺すほうなの、それを阻止するほうなの、どちらも似たりよったりだけどさ」

「ホセ・モリタ？　何のことだ」

兵本はまばたきする。涼子は大輪の紅バラが開花したかのよう、あでやかな笑顔をつくると、ハイヒールをはねあげた。

電光石火《でんこうせっか》。由紀子が制止するイトマもない。私はとめられたかもしれないが、あえてとめなかった。

土星人もたまげるような絶叫を放って、不運な兵本達吉は白眼をむき、泡を噴きながら床にうずくまった。

「こいつ、カニ座生まれみたいね」

どこまでも冷酷無情な涼子である。これ以上、犠牲者が出るのは避けたいし、何とか証言もとりたいので、私はあることを阿部巡査に指示した。阿部巡査は室内の冷蔵庫をあけて製氷皿を取り出し、私に手渡す。

私は、自分がしだいに薬師寺涼子のヤリクチに染まってくるのを、うしろめたく自覚しながら、もだえくるしむ兵本の襟をつかみ、製氷皿をかたむけた。一ダースほどの角氷が、兵本の背筋をすべり落ちる。

「オカアチャーン！」

ひと声叫んで、兵本ははね起きた。粗暴ではあっても、たいして邪悪な男ではないのかもしれない。

「わかった？ これ以上、非人道的な目にあいたくなかったら、さっさと証言おし」

彼よりよっぽど邪悪な女性警視が脅迫すると、兵本はすくみあがって両手で股間をおさえた。オドオドと彼が証言するところでは、惨劇の直前〇六四六号室の近くの廊下で妙な物体を見た、という。

「蛇《へび》みたいだった」

みたいだった、というのは、蛇そのものではなかった、ということである。

「最初は蛇だと思ったのね。何でそう思ったの？どういうところが蛇に似てた？」

涼子の質問は的確をきわめている。兵本達吉は、股間をおさえながら必死の形相で、なけなしの表現力を動員した。

「長くて、人の腕ぐらいの太さで、くねくね動いてたから、蛇だと思ったんだ」

「色は？」

「灰色みたいで、ぴかぴか光ってた」

幼稚な表現だが、つまり銀色ということだろう。

兵本からはそれ以上の証言は当面、引き出せそうになかった。

「よし、お慈悲をもって、死刑にするのはカンベンしてあげる。つぎに呼ぶまで引っこんでおいで」

さんざん憲法違反のあつかいを受けた兵本は、逃げるように出ていった。見送って、由紀子が首をかしげる。

「たしかに蛇だったら通風孔をくぐりぬけることができるわ。でも何だって蛇なんかが客船に乗っているのかしら」

「それをたしかめるのが、あんたの仕事でしょ。がんばってね」

涼子は由紀子をはげましているのではない。地道《じみち》な捜査を、ライバルに押しつける気である。由紀子がどう反応するかと思って見ていると、どこまでもマジメな表情でうなずいている。蛇と決めこんでしまって、まんまと涼子の思うドツボにはまっているようだ。

「それにしても銀色の蛇なんているのかしら。わたしは爬虫類にはくわしくないけど」

「いるわよ」

「何ていう蛇？」

「シルバースネーク」

「そう、どのあたりに棲息《せいそく》してるの？　アフリカ？あ、ラ・パルマの奥地かしら」

おちょくられていることに、マジメすぎる由紀子がまだ気づかないようなので、私は見かねて口をはさんだ。

「まだ蛇と決めつけなくともいいのではないでしょうか。毒蛇が人をかむとか、大蛇が人を絞《し》め殺すとかいう話は聞いたことがありますが、こんな殺しかたは異常すぎる気がします」

「そうね、先入観はキンモツよね」

由紀子よりすばやく、涼子がうなずいてみせる。

「証言もうかつに信じこめないし、物証《ぶっしょう》もろくにないし、遺体の解剖だってできない状態だし。結論を急ぐのはよくないわよ、お由紀。慎重にいきましょ。慎重にね」

あざやかというしかない軌道修正。由紀子は一瞬うさんくさそうな表情をつくりかけたが、確信も持てなかったようで、アイマイにうなずいた。

「出張捜査にいく」と称して、涼子は「捜査本部」を出る。阿部と貝塚の両巡査は船医《ドクター》のところへ。私は涼子のおトモである。

「泉田クン、昨夜《ゆうべ》ステージの上のほうを見たよね。あのとき銀色の物体が見えたでしょ？」

「私の目には銀色のように見えました」

「ずいぶん慎重な表現ね」

「慎重に、とおっしゃったのはあなたですよ」

「うるさい、アゲアシとるな」

涼子は常識にとぼしいかわり、妙な知識を豊かに持っている。その豊かさは、長江《ちょうこう》の水かサハラ砂漠の砂か、とにかく無限に近いと思われるが、歴史に美術、文学に音楽、スキャンダルにゴシップ、科学に非科学、じつに多種多様多彩多岐《たしゅたようたさいたき》にわたるのだ。

とくに動物図鑑に載《の》っていないような怪物だの妖魔だのについては、日本でもトップクラスではないだろうか。だから「銀色の蛇のようなもの」についても何か知っていてフシギはない。だが涼子は教えてくれなかった。時期尚早《しょうそう》というところか。このあたりのもったいぶった態度だけは、たしかに名探偵だ。

「で、どこを捜査するんです？」

「まずカジノ」

途中に図書室があった。一〇メートル四方ほどの広さで、海に面して長方形の窓がふたつある以外は、四方の壁面《へきめん》がすべて書棚になっている。おさめられた本は大半が洋書だが、中国語や日本語の本もあった。

好奇心からのぞいてみると、日本語の本は書棚ふたつ分を占めていた。よくいえば多彩だが、いささかバランスの悪い品ぞろえである。夏目漱石《なつめそうせき》、森鷗外《もりおうがい》、太宰治《だざいおさむ》などの古い文庫本に、昨年ベストセラーになったサイコサスペンス、俳句雑誌に、新興宗教の教祖さまのお説教集まであるのだ。四コママンガの日英対訳集などを見ると、どうやら船をおりるときに船客が寄付していったもののようだった。

Ⅲ

カジノは三〇〇名の客を収容できるそうだが、見たところ三分の一ていどの入りだった。全員が男だ。男装の女性がいるかもしれないが、そこまではわからない。

説明にあらわれたカジノのマネージャーは韓国人だったが、ありがたいことに日本語が通じた。

「ここではどんなゲームができるんですか」

「そうですね。ルーレット、バカラ、ブラックジャック、スロットマシン、ポーカー、そういったものです」

「現金を賭けるんですね」

「ええ、日本の領海外ですからね。とくに日本人のお客さまのなかには、乗船と同時に店のすぐ外でお待ちになる方もいらっしゃいます。刑事さんもぜひ一度、お仕事をはなれて、どうぞおいでください」

「ありがとう、仕事がすんだらね」

私はギャンブルに対してあまり興味がない。薬師寺涼子の部下でいること自体、人生における最大のギャンブルだ。「退屈きわまる日常のなかで、ギャンブルをやるのが最高のスリル」という幸福な人は、いちど涼子とともに怪物と戦ってみるとよい。スリルとストレスを極限まで味わうことができる。冷汗、脂汗《あぶらあせ》、普通の汗と、三種類の大量発汗《はっかん》で、体重と脂肪の減少も期待できるだろう。

さりげなく私は床を観察したが、下階のステージとの間に謎の空間などありそうになかった。船内図を片手に、ポーカーテーブルやスロットマシンの間を歩きまわると、客たちが露骨《ろこつ》に探るような視線を向ける。こちらの正体はもう知られているようだ。

敵意に満ちた視線が一変するのは、私の上司の姿をとらえたときで、声にならない溜息がカジノの空間にあふれ、滝となって通風孔へなだれこんでいく。涼子の完璧なヒップに視線をあてたまま、ポーカーの席からふらふらと立ちあがるやつまでいる。これほど集中力に打撃をくらったのでは、今後の勝負はさぞ負けがこむだろう。

その一方で、あえて私たちから目をそむけている連中もいて、これは勝負に熱中しているのか、美女に興味がないのか、あんがい礼儀ただしいのか、判断がつかない。

涼子はオスどもの態度など歯牙《しが》にもかけず、私をしたがえてカジノを出た。最初から捜査の収穫など期待していなかったようだ。

「つぎ、ちょっとホセ・モリタの愛人に話を聞いてみましょ。ついておいで」

「はいはい」

カジノは船内後方に位置していたから、私たちは赤いカーペットを踏んで歩いていったが、その色が黄に変わってしばらくすると、廊下にひとりの男が立ちはだかった。先ほど葵羅吏子《あおいらりこ》につきそっていた大柄な男だ。

「ここは通行禁止だ」

涼子を見てすこし息をのんだ印象だが、サングラスに隠れて表情は分明《ぶんめい》ではない。

「公共スペースを通行禁止にするって、どういうわけ？」

「VIPがいらっしゃるんだ。引き返してべつの通路をいくんだな」

敬語を使えるのは感心だが、いっていることは涼子なみに理不尽《りふじん》である。

「だとしても、公共のスペースを通行禁止にする権限は、あんたにはないでしょ」

「私たちは警察なんだ」

警察手帳を取り出し、開いてみせると、男は顔を近づけて確認した。だが、しめした反応は、敬意とはほど遠かった。

「事件を解決するより、裏金づくりと接待マージャンにうつつをぬかす税金ドロボウが、えらそうに何を調べようっていうんだ」

この男のいうことは、ひとつひとつ正鵠《せいこく》を射《い》ているが、彼がまともに税金を払っているとも思えない。それに、個人的なことをいえば、私はマージャンができないし、裏金づくりに加担したおぼえもない。だがそんなことを口にしてもしかたがなかった。

勝ち誇ったように男は手を伸ばし、私を押しのけようとした。寸前、男の背後のドアが開いて、TVや雑誌のグラビアでよく見る顔が半分だけ室外をのぞいた。とっさに私は肺活量《はいかつりょう》の限界近くまで声を張りあげた。

「葵羅吏子さん、ちょっとお話をうかがわせてください。警察の者です。ご迷惑はおかけしませんから！」

これはどちらかというと私の上司のヤリクチだったが、効果はあった。男は私の口をふさぐわけにはいかなかったし、葵羅吏子のほうは明らかに判断に迷ったあげく、まちがった道を選んでしまった。

「大声を出さないでください。五分だけでよかったら」

薬師寺涼子の下で働いていると、女性の美しさにかなりの免疫《めんえき》ができてしまう。多少の色香には迷わなくなってしまうのだ。ついでにいうと、自分の能力に対してもウヌボレを持てなくなるから、涼子のおかげで私は謙虚《けんきょ》になっているのかもしれない。

葵羅吏子は自分の色香にずいぶんと自信を持っていたようだ。当然のことではある。だが歩く姿勢《しせい》にケチをつけられるとは思っていないにちがいない。

私といっしょに入室してきた涼子に気づいて、たちまち葵羅吏子は値踏《ねぶ》みの視線を飛ばしたが、わざとらしく表情を消した。自信に動揺を来《きた》したらしい。小さな咳《せき》をひとつすると、ロココ調の長椅子に腰をおろす。意図《いと》的にだろう、私たちは立たせたままだ。

開口一番、羅吏子は前ぶれもなくいい放った。

「いっとくけど、うちのプロダクションの社長は、警視庁のえらい人と知りあいなのよ」

この美女は、わざわざ火薬庫にマッチを放りこむタイプらしい。だが、おなじタイプだとしたら、薬師寺涼子のほうがはるかに鋭くてレベルが高いのだ。

「あら、そう。あたしは警視庁のえらい人だけど、おタクみたいな三流プロの社長なんか知らないわね」

「さ、三流ですって……!?」

「どういう仕事をしてどういう作品をつくったか、実績を自慢するならともかく、役人と知りあいなのを自慢するなんて、三流じゃないのさ。モデルだろうと歌手だろうと小説家だろうと、おなじことよ」

正論である。たとえ涼子の言葉だろうと。

葵羅吏子はだまりこんだ。涼子はこれまでもしばしば同性の相手をひねりつぶしてきたが、どんな美女でも涼子に敗北すると、女王の前に引きずり出された惨《みじ》めな謀叛《むほん》人にしか見えない。今回も例外ではなかった。

「あらためて尋《き》くけど、あんたはホセ・モリタの愛人よね」

問いを受けた羅吏子はかろうじて虚勢をはった。

「それがいけないとでもいうの」

「いけなくはないわよ。ただ過去の歴史を思い出しただけ。一九四五年に、イタリアの独裁者だったムッソリーニは、愛人といっしょに射殺されて、死体をさかさづりにされたのよねえ」

葵羅吏子の顔がひきつった。

「わたしが殺されて、さかさづりにされるとでもいいたいの!?」

「べつに。一般論を述べてるだけよ。ひとつ出処進退を誤ると、独裁者の愛人なんて哀れなものよね。あ、シュッショシンタイって意味わかる?」

「わかるわよ、スペイン語くらい!」

「あ、そう」

涼子が苦笑をかみころしたのが、私にはわかった。

「いっておくけど、ホセ・モリタが、あのチョビ髭の詐欺師が、ラ・パルマの独裁者に返り咲く可能性なんてないわよ。見たところ、ろくな参謀《ブレーン》もいないようだしね。日本の政治屋どもにおだてられて、復活の日を夢見てるのかもしれないけど、政治屋《やつら》はホセの汚れたカネにたかってるだけよ。いくらあんたの脳が軽量級でも、そのていどはわかるでしょ」

羅吏子の表情を見て、涼子は、一段とロコツにいいつのった。

「このままだと、モリタはありガネ全部、政治屋どもにむしりとられて、あんたのところには一円もまわってこなくなる。そういってるの。わかった!?」

今度は私が羅吏子の表情を観察した。

「どうです、葵さん、ホセ・モリタ氏が蛇を飼っているのを、見たことがありませんか」

「蛇?」

羅吏子は五、六回たてつづけにまばたきした。

「蛇なんて見たことないわ。モリタはペットなんか飼ってないから」

「あんたの他にはペットはいないのね」

涼子があざけるので、羅吏子の顔に険悪な翳《かげ》りがさした。ここでフォローするのが臣下、ではない、部下のつとめだ。

「蛇そのものでなくても、蛇によく似た生物はご存じありませんか。モリタ氏かツガ氏本人でなくても、彼らの周辺に」

「知らないわね」

唾《つば》を吐くように、羅吏子はいいすてた。

「ついペースに巻きこまれたけど、考えてみたら、あなたたちなんか相手にする義務はないんだわ。捜査令状もないくせに押しかけてきて、何てずうずうしい。もう出ていってちょうだい」

「へえ、ソーサレイジョーっていうスペイン語の意味を知ってるの」

「さっさと出ていけッ！」

羅吏子は高すぎる声で叫んだ。

「八木《やぎ》、こいつらを追い出して！　二度と船室《キャビン》に入れちゃダメよ」

超音波がとどいたらしく、用心棒が獰悪《どうあく》な顔をドアからのぞかせた。涼子はわざとらしい笑顔をつくって私をかえりみた。

「おイトマしましょ、泉田クン。例のものを聴《き》かせてもらうわ。ほんもののスペイン語をね」

例のものとは、ホセ・モリタと義弟のツガがかわしたスペイン語の会話の録音だ。八木という男を痛めつけるのは、後刻《あと》の楽しみにとっておく気らしい。私としてもべつに異存はないので、上司につづいてドアから廊下へ出た。

八木はサングラスを不気味に光らせながら私たちについて出てきた。その手首に銀の腕環が光っているのに、私は気づいた。

「それは銀かい？」

「銀がどうかしたか。いっておくが、おれの口のなかには銀歯が何本もあるぞ」

八木は大きく口をあけ、嘲弄《ちょうろう》とともに煙草《たばこ》くさい息を吐き出した。私は心の中と外で肩をすくめ、涼子にしたがって歩き出す。

ラ・パルマは一六世紀まではかの有名なインカ帝国の領土の一部だった。国名のもとになったのはラ・パルマという河だが、この河の渓谷にはいくつもの銀山があり、莫大《ばくだい》な銀を国都へ運ぶため、何百艘もの舟が河面を往来したのだという。

スペインから渡航したピサロという男は、インカの皇帝をとらえて、現在の貨幣価値で何兆円にもなる身代金を要求した。身代金が支払われると、ピサロは約束を破って皇帝を虐殺し、遺体を谷底へ投げすてた。ピサロはインカの民をすべて奴隷として金山や銀山で酷使した。ひとかたまりの銀を手にいれるため、一〇〇人のインカの民を虐待と過労で死なせたという話だ。

ラ・パルマの銀山は一七世紀までにすべて掘りつくされたといわれる。現代のラ・パルマは資源にとぼしい貧しい国だが、「じつはピサロも知らなかった幻の銀の大鉱脈がある」という話は根強くあり、ホセ・モリタもその話をちらつかせて、日本の強欲《ごうよく》な政治家や財界人をたぶらかしたのだ、というのが、涼子の語るところだった。

Ⅳ

涼子のエグゼクティブ・スイートで、私はMD《ミニディスク》に録音されたホセ・モリタたちの会話を上司に聴《き》かせた。涼子はソファで高々と脚を組んで聴き入った。

私にはスペイン語などまるで理解できない。抑揚《よくよう》に富んだ音楽性の豊かな言語を、音として聞くことしかできないのだ。だからだまって涼子の表情を観察していた。涼子は芸術的な鑑賞に耐える美貌の持ち主だが、生身の人間としてはあまりに目鼻立ちがととのいすぎているかもしれない。それがサイボーグやロボットでありえないのは、表情が豊かで、しかもどのような表情も精彩《せいさい》に満ちているからだ。笑えば花が開き、怒れば嵐になる。

「フン、やっぱりそうか」

「いってくれるじゃないの」

「いい気なもんだわ、この詐欺師」

「底が浅くてケチなやつ、きらい」

ときおりそんなことをつぶやきながら、天井をにらんだり、睫毛《まつげ》の長い目を伏せたり、腕を組んだり、じつのところ見ているだけで楽しかった。「美人は三日見れば飽《あ》きる」というのはウソだと思う。

聴き終えて、涼子が脚を組みかえた。

「泉田クン、このMD《ミニディスク》、しっかり保管していてよ」

「わかりました。裁判のときに証拠として使えますかね」

「裁判なんかにかける必要がないという証拠になるわ。あ、それと、このMD《ミニディスク》のこと、お由紀にバラしたら承知しないからね」

MD《ミニディスク》を手にして、私は肺の底からタメ息をついた。涼子は私のガイタンにおかまいなく、勢いよく立ちあがった。

「二時間ほど自由時間をあげる。捜査でも食事でも好きなことしてていいわ」

「あなたは？」

「エステよ。ついてくる？」

もちろん私は辞退した。この船にふさわしい大理石ばりの豪華なエステサロンがあるのだ。エステなんぞ受けてる場合とも思えないが、珠《たま》のお肌にさらにみがきをかけながら、涼子はいろいろと考えをめぐらすのだろう。

私自身もすこし解放されたい気分だったから、涼子をエステサロンに送って、ひとりロビーへと足を運んだ。

いまさら気づいたことだが、吹きぬけになったロビーの中央にはグランドピアノが置かれ、その傍には大理石の円柱が建っている。円柱の上には古代エジプトの女神だか女王だか知らないが、銀色の女性像がたたずんでいた。まさか全体が銀製ではあるまい。青銅の像に銀か錫《すず》のメッキがほどこしてあるのだろう。

何の女神だろう、と思って近づいてみると、“Isis”と銅板に記してある。イシス女神だったら私も知っている。名前だけだが。どんなことをした女神か、機嫌さえよければ涼子が教えてくれるだろう。

「泉田サーン！」

若い男の声で振り向くと、ロビーの一隅を占めるティーラウンジに、岸本明の姿があった。室町由紀子もおなじテーブルにいる。逃げ出すわけにもいかず、近づいて私は挨拶《あいさつ》した。すすめられて同席し、笑顔のウェイトレスにメニューを頼む。

「ボクはストロベリー・アイスドコーヒーを頼みました」

「これかい？」

「どうです、泉田サンも」

「……いや、遠慮しておく」

岸本の前に置かれているのは、クリスタルガラス製の巨大な容器だ。アイスコーヒーらしい黒い液体の上に、生クリームと苺《いちご》が高く高く盛りあがっている。苺のあざやかな紅色が、先ほど惨劇の現場で見た血のかたまりを想い起こさせた。私はそう神経が細いほうではないと思うが、あまりいい気分ではない。

「ボクはむしろ匂いのほうがダメなんです。ここは血の匂いがしないから平気なんですよ」

「なるほどね」

私は普通のアイスコーヒーを注文した。以前は「アイスコーヒーは日本にしか存在しない」といわれたものだが、昨今《さっこん》はそうでもないらしい。

それまでミルクティーを前にしてだまっていた由紀子が、私のほうにわずかに顔を寄せた。かるく頭をさげ、どこまでもマジメな口調でいう。

「さっきはごめんなさい。せっかくの親切を無《む》にするようなことをいって」

「あ、いえ、室町警視のおっしゃったことこそ正論です。ですからお気になさらず」

ありがとう、と、由紀子は応じた。

「正論だけで人間関係をうまくやっていけないこと、頭ではよくわかってるつもりなんだけど、性格ってどうにもならないものね」

良心的な述懐《じゅっかい》だが、涼子が聞けば鼻先で笑うにちがいない。

「ええ、どうにもなりません。私の上司を見ていると、よくわかりますよ。で、あの女《ひと》は最初からどうする気もありゃしませんからねえ」

はじめて由紀子が表情をくずした。岸本がマイペースの表情で、生クリームのついた口を開く。

「泉田サン、ボクこの席を予約してるんですよ。今晩、三時間ですけどね」

「何でわざわざ予約なんかするんだ」

「ここの吹きぬけの上空にロープを渡して、そこを一輪車で渡るんだそうですよ」

「だれが?」

「レオタードを着た金髪のお姉さんが、です」

岸本の顔つきは、温風ヒーターの前のアイスクリームさながらだ。この若きエリート官僚は、レオタード・コンプレックス、略してレオコンなのであった。レオタードの似あわない女性は、彼にとって異次元の住人で、存在しないも同様なのだ。じつは薬師寺涼子も室町由紀子も、レオタード姿が絶品《ぜっぴん》であることは、すでに証明されている。

「お前さん、共演したいんだろ」

私がそういったのは、岸本が一輪車を乗りまわせる警視庁ただひとりのキャリア官僚だからである。

「いやいや、ボクはしょせん素人《しろうと》。プロのじゃまをしてはいけませんから」

どうやら愛用のデジタルカメラを駆使《くし》して、撮影に専念する気らしい。こいつがそのうち盗撮《とうさつ》の容疑でつかまっても、私はおどろかない。それにしても、現場を離れたとたんに趣味と幻想の世界に直行できるとは、岸本はやっぱり大物なのだろうか。まあタダモノでないことはたしかだが。

「泉田警部補」

「はい、何でしょう」

「お涼は何か情報を独占してる。泉田警部補はそう思わない？」

由紀子の発言を、できるだけ迅速に私は吟味《ぎんみ》してみた。何ら証拠のないことだが、私自身がすでにそうにらんでいることだ。涼子は情報とか秘密とかナイショとかいう代物《しろもの》の価値をわきまえている女性である。それも必要以上に。

「ありえることですね」

「やっぱりそう思う？」

「ええ。ただあくまでも可能性ですし、仮《かり》にそうだとしても、具体的に何を隠しているか見当がつきません」

由紀子には悪いが、ホセ・モリタたちの会話を録音したMD《ミニディスク》については口にしなかった。この点、上司の命令が私にとっては最優先である。

由紀子がすこしくやしそうにつぶやいた。


「せめて陸と連絡がとれればいいんだけど。衛星通信システムはまだ回復しないのかしら」

「残念ながらまだのようです」

ふと私の胸中《きょうちゅう》に疑惑の雨粒が一滴落ちてきた。ほんとうに陸上と連絡がとれないのだろうか。

客船のことに、私たちが精通しているわけではない。技術的なことにしろ事務的なことにしろ、船のスタッフから説明を受けて納得しているだけなのだ。もし船長以下のスタッフたちが結託《けったく》して、陸上と連絡が途絶しているよう、よそおっているとしたら……。

だが、彼らがそんなことをする理由が、私にはどうしても思いあたらなかった。そのときの私には。

第五章　太平洋の女王

1

被害者の数でかならずしも事件の大小が決まるわけではない。それでも、死者がひとりのほうが四人よりは隠しやすい。ここまで死者が増えると、対応するのもおおごとである。

岸本を「捜査本部」へ留守番として返し、室町由紀子と私は肩を並べてデッキを歩きながら、いささか中途半端《ちゅうとはんぱ》に意見を交換した。

事件を公表したとして、乗客はどうするべきか。平常どおり自由に行動させるか。公共の場所に集合させるか。各自の船室《キャビン》にこもらせるか。いっそ救命ボートで船から脱出させるか。

私にはまるで判断がつかない。室町由紀子も考えあぐねているようだ。頭はいいが良識がジャマをする、という型《タイプ》の女《ひと》だけに、こういうときには状況の変化を待つしかないように見えた。涼子だったら状況をどんどん悪化させて喜ぶにちがいないが。

クルージング・ディレクターの町田氏が前方から歩いてきて、鄭重《ていちょう》に一礼した。由紀子が問う。

「乗客から苦情は出ていませんか」

「いまのところは、とくにございません」

それはよかった、といいたいところだが、私はいささか釈然《しゃくぜん》としなかった。陸上との連絡がとれないのだから、騒ぎ出す者が何人かいて当然ではないだろうか。

ばかばかしいようだが、やはり疑惑が正しいのかもしれない。船客全員がカタギではないとしたら、すくなくとも五〇〇人を敵にまわすことになる。いかに「ドラよけお涼」であっても、これは手にあまる人数だ。ましてひそかに武器でも用意されていた日には……。

町田氏が深刻な表情をつくった。

「ただ、あくまでもいまのところは、ですから今後どうなりますものやら」

「そうですね」

「予定していたイベントを、どのていど開催していいものでしょうかねえ」

「イベントというと、どんな？」

「アイスクリーム早食い競争」

「………」

「ココナツ・ボウリング」

「それはどういうのです」

「ココナツの実を使ってボウリングをやるんです。あれは完全な球形じゃありませんからね。不規則にころがるので、お客さまどなたも喜んでくださいます」

カラオケ・コンテスト、勝ちぬきビリヤード大会、仮装パーティー。そういったイベントのかずかずを、町田氏は熱心に説明してくれた。「乗客に非日常の世界を味わってもらう」ということに、使命感と充実感を抱いていることがよくわかる。非日常といっても、もちろん乗客の安全が大前提だ。私たちはそこにタチの悪い別種の非日常を持ちこんでしまったわけである。

海はおだやかだが、空が曇っているため、すべてが灰色である。周囲に陸影も船影も見えない。太平洋のまっただなかだ。いや、世界地図を見れば太平洋の西の端で、ユーラシア大陸のすぐ近くなのだろうが、いったい私たちはいまどのあたりにいるのだろうか。

「だいたい紀伊半島の南方沖合《おきあい》二五〇キロから三〇〇キロというところでしょうね」

町田氏が教えてくれた。

「緊急事態ということで、クルーズを中止して北上すれば、全速力で六、七時間で陸に着けると思いますが、そうすべきなのでしょうか」

　由紀子が口ごもったので、私が答えた。

「その件は上司でないと。私の立場では何ともいえません」

　事実ではあるが、涼子に責任を押しつけたような気もする。由紀子も、無責任なことはいえないらしく、沈黙していた。

「ところで、水平線までの距離というのは、どれくらいあるものなんですか」

「いいご質問ですな」

　町田氏は表情をやわらげた。シロウトの初歩的な質問には慣れているのだろう。

「数式だと、二・〇九×（$\sqrt{H}+\sqrt{h}$）海里ということになります。おわかりですか？」

　文科系ローテク人間の私がたちまち白旗をかかげると、町田氏はあわれむような目つきで、

「Hとhは、それぞれ見る側と見られる側の水平線上の高さです。このデッキだと、ほぼ海上から三〇メートル、つまりHは三〇。いっぽうhは水平線そのもの、つまり海面ですからhは〇《ゼロ》ということになりますね」

　そのように計算すると、いま私が見ている水平線までの距離は、約二一・一キロということになる。三〇〇キロ離れた陸地が見えるはずはない。

「今後どうなることでしょうかねえ」

　町田氏の声に心細さがこもった。治安担当の公僕《こうぼく》としては、市民を安心させてやりたいが、私は昭和時代の刑事ドラマの主人公ではない。根拠もなく、「ご安心を」ともいえなかった。

「最善をつくしますので、ご協力を」

　いささかずるい言いかたになった。町田氏は、

「何とぞよろしく」とかるく頭をさげたが、とても安心したようには見えなかった。

「ところで、この船の免税店《DFS》には、高価な商品も置いてあるのでしょうね」

「はあ、たとえば宝石店の最大級のエメラルドです

が、六〇カラットで三億円いたします」

生命がけでねらう価値がある、かもしれない。最初からねらっているのではないにせよ、沈没だ退避だという騒ぎになれば、ドサクサにまぎれて略奪しようという者も出てくるだろう。そういう事態がおこったら……

「そのときはそのときですね」

「ほんとにそうね。いまから考えてもしようがないわ」

由紀子が苦笑し、思い出したように腕時計を見やった。ホセ・モリタが何やらワガママなことをいっており、それにつきあわねばならない、ということであった。

由紀子と別れて、いよいよテモチブサタになったところで、最近の知りあいに出会った。何やらぼんやりとしたようすで、ひとりデッキを歩く兵本に出会ったのだ。

「オカアチャーン」というのが母親なのか妻なのかは判断しがたいところだが、そう叫んで他人に聞かれてしまっては虚勢《きょせい》の張りようもない。別人のようにおとなしくなり、ヒクツそのものの目つきで私に頭をさげた。

「あんたの部下、井塚といったかな、まだ面会謝絶の状態だ。いずれゆっくり話を聞きたいから、そのときは立ち会ってくれ」

「はあ、どうも、まったく近ごろの若いやつは修羅《しゅら》場《ば》に弱くていけませんや。あのていどのことで目をまわしてたんじゃ、この稼業《かぎょう》はやっていけません」

つづいてグチとボヤキがはじまった。恒常化しつつある不況と、法規制の強化とで、暴力団の業界も楽ではないらしい。それにしても、私などに窮状《きゅうじょう》をうったえたところでしかたないと思うのだが、三人の部下を殺され、ひとりは錯乱状態で、話をする相手もなく、不安と困惑と焦慮《しょうりょ》に耐えかねた、というところらしかった。この分だと、環境さえととのえば、知っていることは何でもしゃべるかもしれない。

「まあどこへ行きようもないんだ。呼んだら来てくれ。陸地の誰かに相談するか？」

「いやあ、何しろ携帯電話も通じないもんで」

兵本は頭をかいた。

ふと、くだらないことを私は空想した。陸地との連絡を絶たれ、孤立した客船がようやく港に到着すると、陸にまったく人影はなく、すべてが荒涼たる死の影におおわれていた。航海中に、陸地の人類は死に絶えてしまったのだ。

私はいまいましい気分で頭を振った。自分の空想で悪寒《おかん》を招いていれば世話はなかった。

Ⅱ

女王サマをお迎えするためエステに参上すると、日本人の女性スタッフが鄭重《ていちょう》に私を応待してくれた。

「薬師寺さまよりご伝言をうけたまわっております。インドアプールにいるので、そちらへまわってほしい、とのことでございます」

エステがすんですぐ水泳か？　私は多少の違和感を抱いたが、涼子のやることに一〇〇パーセントの整合性を求めてもしようがない、と思った。私は念のためインドアプールの位置を確認して、そこへ足を運んだ。

インドアプールは大理石とガラスの壮麗な宮殿だった。プール自体は勾玉《まがたま》のような形で、長さは一〇メートルていど。プールサイドのほうがはるかに広く、デッキチェアやコーヒーテーブルが並び、一隅にバーカウンターもある。バーテンダーらしい中年の黒人男性がひとり、タキシードに蝶ネクタイという姿でたたずんでいる。

客はというと、ひとりしかいなかった。私の上司だ。デッキチェアの上で肢体を伸ばしている。優美さとダイナミズムの完璧な調和だ。好みの競泳用ワンピース水着の上に、どこぞのブランド物らしい薄手のしゃれたパーカをはおっている。足もとにミュールがぬぎすててあった。男性だったら「ハイヒールのサンダル」と呼んでしまって、女性のヒンシュクを買う類《たぐい》のものだ。まったく涼子は足の爪先まで美しいし、足の爪が透《す》けるような桜色で、

「あの足の爪だけで、一万人の男を悩殺《のうさつ》できる」

といわれたほどである。

私は歩み寄り、目礼《もくれい》して話しかけた。

「貸し切り状態ですね」

「いまだけよ。すぐジャマ者が来るわ」

「他の客が?」

「ホセ・モリタとお由紀たちよ」

「それはそれは」

われながら意味不明の反応になってしまった。ホセ・モリタが泳ぐといいはり、由紀子がしかたなく認めた、というところだろう。つい先ほど別れたばかりだが、由紀子の憮然《ぶぜん》とした表情が思いおこされた。マジメな人間ほどストレスがたまるご時世《じせい》である。

「プールは安全だと思いますか」

デッキチェアの上で、涼子は伸びやかに肢体をくつろがせた。自信に満ちたオウヨウさが、女王そのものだ。着ているものなど関係ない。

「心配ないわよ。白昼だし、こんなオープンな場所では何もおきないわ。それにすぐ人が集まってくるしね」

たしかにふたつの惨殺事件の「犯人」は、衆人環《しゅうじんかん》視《し》のなかで殺人を犯してはいない。不幸な奇術師の死体はステージに投げ落とされたが、殺害が実行されたのは死角《しかく》になって観客から見えないステージ上方でのことで、直接の目撃者はだれもいないのだ。三人の暴力団員が惨殺されたのも、他に目撃者のいない密室だった。

人声がして、プールサイドに幾人かはいってきたようだった。涼子のいったとおりだとすれば、ホ

セ・モリタたちのはずだ。

「あ、泉田警部補もいたの？」

かるく狼狽《ろうばい》の声をあげたのは室町由紀子だった。清楚《せいそ》な感じのワンピースの水着をまとっている。

室町由紀子の水着姿は、はじめて見た。以前、レオタード姿を見たことはあって、似たようなものかもしれないが、すらりとして均整のとれた肢体は、賞賛に値するものであった。

由紀子は眼鏡をかけたままだし、長い髪もおろしたままでスイミングキャップもかぶっていないから、実際に泳ぐ気はないのだろう。水着自体、クレオパトラ八世号のロゴがひかえめにはいっており、乗船後に必要を感じて買い求めたものであるということがわかる。たぶん、さっき私と別れてからだろう。

ホセ・モリタ本人があらわれた。海水パンツとサングラス、上半身にハワイ風だかグアム風だかのシャツをひっかけている。赤の地にヒマワリが黄色く描かれた暑くるしいシャツだ。インドアプールでサングラスというのも妙な趣味である。同行するツガも似たような姿だが、義兄よりは身体が引きしまっているようだ。

彼らとともにあらわれたのは、ビキニにパレオという姿の葵羅吏子であった。

葵羅吏子は白刃のきらめきにも似た眼光で涼子に斬りつけた。その鋭いこと。気の弱い女性であったら、皮膚に物理的な痛みを感じたかもしれないほどだ。だが涼子はいっこうに徹《こた》えない。

「あら、ちょっとかゆいわね。海の上なのにヤブ蚊《か》がいるみたい。イヤねえ」

豊かに張りつめた胸のあたりを、小指の先でかいてみせる余裕を見せつけた。羅吏子は両目をつりあげたが、ホセ・モリタが彼女の腕をかるくたたいて制止し、好色そのものの視線を向けた。

「かゆいかね？　蚊にくわれた痕《あと》が肌に残ったりしたら一大事だ。私が薬をぬってあげようか」

「けっこうよ、臣下にやらせるから」

涼子は霜《しも》のおりた声で応じ、私のほうに顔を向けた。

「これ、泉田、あそこのバーで何ぞトロピカルドリンクをあつらえてまいれ」

「かしこまりました、ただいま」

涼子にあわせて私が演技したのは、おもしろがってというより、ホセ・モリタに対する反発からだと思う。半分あきれたような室町由紀子の視線を背中に受けながら、私はバーへ足を運んだ。

バーテンダーに「おすすめは？」と声をかけると、笑って、「太平洋の女王」という名の青いドリンクをつくってくれた。キウィフルーツを浮かせたやつを二杯つくってもらい、上司のところまで運ぶ。

「どうぞ。こちらは室町警視に」

「あら……！　どうもありがとう」

涼子が好戦的な目つきを由紀子に向けた。

「誤解しないことね、お由紀、泉田クンがよけいなサービスをするのはアワレミからなんだからさ」

由紀子が何かいいかけて思いなおしたように口をつぐみ、私を見やる。私はすまして答えた。

「私は忠実な部下ですから。自分の上司がケチだなんて思われたくないんです」

「わかった、お由紀？　要するにあたしのクントウよ」

何とかその場はおさまり、ストローから口を離して涼子が息を吐き出した。

「豪華客船のプールサイドでトロピカルドリンク。これこそ成金《ナリキン》の楽しみ」

「あなたは成金なんですか」

「五代つづかなきゃ真のカネモチとはいえないわよ。わが家はまだ三代めだからね」

そういうものなのだろうか。私は何代もつづいた庶民の家系なので、よくわからない。

「自分を成金だとわかっているのは感心ね」

これもストローから口を離して、由紀子が皮肉の矢を放つ。涼子は平然と受けとめた。

「そりゃあんたより自分を客観的に見る能力にめぐまれてるからね。ときどき自分の冷静さがイヤになるくらい。仕事でも株でも、たまには失敗したいんだけどさ」

すばやく私は口をはさんだ。

「どうやったらそんなに株の取引がうまくいくんです？」

「秘訣《ひけつ》なんてないわよ。株なんて安いときに買って高いときに売ればいいの。そうすれば、もうけたくなくったって、おカネのほうから集まってくるわ」

「誰もがあなたみたいになれるなら……」

「株式市場なんて成立しない？」

株式市場どころか、資本主義社会そのものが成立しないだろう。これまでも私は薬師寺涼子がオカネモチであると認識していたが、どうもその表現では不足なようで、トテツモナイ・オカネモチ、というべきらしいのだ。

涼子の父親がオーナー社長をつとめているJACES《ジャセス》はアジア最大の警備保障会社だが、国内でも海外でもさかんに投資をおこなっている。油田や天然ガス田の権利まで持っているとか。

加うるに、このご時世だ。あいつぐ人災と天災のおかげで、防犯・防災・警備・護身の用品が売れること売れること。防毒マスクに防煙《ぼうえん》マスク、防犯カメラ、消火器、非常用発電機、防弾ベスト、それに核シェルターまで。JACES本社の年商は五〇〇〇億円をこすぐらいだが、九〇あまりの関連企業の年商をあわせると二兆円をはるかに上まわるという。『テロから自分と家族を守る九九の方法』という題の本が、先日ミリオンセラーになったが、これもJACES傘下《さんか》の出版社が出したものだ。

真偽《しんぎ》のほどは不明だが、ロシアでは旧KGBやら特殊部隊《スペッツナズ》の隊員をやとい、旧国営兵器工場を買収し、あの広い国の警備保障業界を支配しつつあるという。そのうち、完全武装のロシア人傭兵《ようへい》部隊が、涼子の命令ひとつで首相官邸を乗っとるような日が来るかもしれない。

「ホセ・モリタ氏が泳ぎはじめましたよ」

　私の声に、由紀子が形のいい白い肩をすくめた。

「いいの。ここにいさせて」

「あたしに頼みなさいよ、泉田クンにじゃなくてさ」

「それよりもですね、この際ですから教えてください。例の銀色の怪物についてです。薬師寺警視なら何かご存じでしょう」

「といわれてもね、あたしにだって確信や確証があるわけじゃないし」

　私は声をひそめ、愛人と水中でたわむれるホセ・モリタのほうをうかがった。

「ラ・パルマは南アメリカにあります。ホセ・モリタがこの件にからんでいるとしたら、怪物は南アメリカの産でしょう。一般論でけっこうですから」

「そう、それじゃ一般論をね」

　涼子の説明によると、中南米《ラテンアメリカ》における怪物・妖魔・邪神の起源はだいたい三種類にわかれるのだそうだ。つまり先住民系、ヨーロッパ系、アフリカ系である。

　先住民系とは、インカ、マヤ、アステカなどの文明を興《おこ》した、「インディオ」と呼ばれる人々。ヨーロッパ系とは先住民を征服し支配したスペインやポルトガルからの移民たち。アフリカ系とは奴隷《どれい》として新大陸につれてこられた人々の子孫。そういう区別になる。

　アマゾン河やアンデス山脈、その両者にまたがる広大無辺《むへん》の密林。壮大かつ苛烈《かれつ》な自然のなかには、人間が想像しえるかぎりの「異形《いぎょう》のもの」が棲《す》んでいるのだ。

　私がへりくだって、教えを乞《こ》う態度に徹《てっ》したので、知的虚栄心を満足させたのか、涼子の舌はなめらかだった。

「そのなかで、人に危害を加えるようなものは、具体的に何かいますか」

「そうね、たとえば……」

涼子は列挙《れっきょ》してみせた。

剝《は》ぎとられた人間の皮をまとった兇神シペトテク。

毎年、多くの人身《ひとみ》御供《ごくう》を要求し、片脚が蛇の形をした妖神テスカトリポカ。

人を食う大蛇の神クムンジアリン。

人によく似た食人鬼マピングアリ。

巨大な牛の怪物カマウェト。

赤い目を持ち、赤ん坊の血を吸う魔女ブルーハ。

人骨でつくられた馬車に乗って水上を走る人魚シレーナ。

人肉を食い結核《けっかく》を流行させる魔《ま》鶏《けい》バシリスコ。

人肉を食う罪人の亡霊コンデナード。

川や沼の底に膜のようにひろがり、人をつつみこんで溺死《できし》させ、その養分を吸いとってしまうクエロ。

顔と手は人間の女性で、それ以外は山羊《やぎ》の姿をしたカルチョーナ。

翼を持つ蛇で人の血を吸うピグチェン。

首が人体から離れて宙を飛びまわり、他人の首を食べてその胴体を乗っとってしまうウミタ。

双《ふた》つの頭を持ち、足が後ろ向きについており、木登りがたくみで腕力が強く、女性や子どものやわらかい肉を好む、緑色の歯をした毛だらけのクルピー。

背中に巨大な口がついており、子どもを食う半人獣のキブンゴ。

「ええと、それから……」

「あ、ひとまずけっこうです。とてもおぼえていられません」

なさけないことを私は口にした。涼子の記憶力にはとても対抗できない。

「もうお手あげ？　まだまだいくらでもいるのにな

あ」

「しかしよくご存じですね。感服しました」

「ホッホホホ、それほどでもないけど、カンプクするのは君の自由よ」

「自分につごうの悪いことでなければ、ずいぶん記憶がいいのね、お涼は」

「どういう意味？」

涼子が由紀子をにらみ殺そうとするので、私はあわてて口をはさんだ。

「どうでしょうね。今度の事件をおこした犯人は、血を吸うやつじゃないんでしょう。一度とも惨劇の現場は血の海でしたから」

涼子は由紀子をにらんだままうなずいた。

「妥当《だとう》なところね。死体がどれもミイラのようにひからびていたら、犯人はクエロだと断定してもいいんだけど」

「それにしても、どんな怪物であれ、どうやってホセ・モリタはそれをあやつる方法を修得《しゅうとく》したんですかね」

まだ決めてかかるのは時期尚早《しょうそう》だ。だが、じつのところ私はそれにちがいないという気がしてきていた。

「ま、それはホセ・モリタの痛覚《つうかく》神経に尋《き》いてみればわかることだけど」

「拷問はいけませんよ、拷問は」

「拷問以前に、ホセ・モリタ氏が一連の事件にかかわっているという証拠がどこにあるの。先走らないほうがいいんじゃない？」

由紀子の声が高まりかけたので、私はせきばらいして、プールのほうを見やった。ホセ・モリタは葵羅吏子と楽しい時間をすごしているようで、私たちなど眼中になさそうに見える。大きく口をあけて笑う顔が、私の目に映った。

「いつまで笑っていられるかしらね」

意地悪そうに涼子がつぶやく。

プールから飛沫《しぶき》がとんできて顔に滴《しずく》がついた。わずかに塩からい。客船のプールは、淡水を使う場合と海水を使う場合があるそうだが、この船では海水を使っているのだろう。

たぐいまれな美女ふたり、それも水着姿のふたりを前に、豪華客船のプールサイドで話しこんでいる男。嫉妬と羨望《せんぼう》の矢の雨を全身に受けて殺されてしまいそうだが、話の内容はどこまでも血なまぐさく、色っぽさに欠けるのであった。

Ⅲ

涼子が「先にいってて」というので、私は由紀子に一礼してインドアプールを出た。すぐに「捜査本部」へもどろうと思ったのだが、何しろ巨大な船だ。目的地にたどり着くまで、けっこうな距離がある。

「刑事さん、ちょっと来てもらえますか」

おしころした声をかけられたのは長い長い廊下の途中で、私は四方を黒いスーツにサングラスの男たちにかこまれ、一室につれこまれてしまった。

ビリヤード室だった。図書室よりさらに広く、四つのビリヤード台が配置されている。室内の調度や装飾は、ビクトリア女王時代のイギリスの領主館《マナーハウス》を模《も》したもののようで、壁には狐《きつね》狩りのようすを描いた大きな油彩画《あぶらえ》が飾ってあった。

黒いスーツにサングラスの男たちにかこまれて、五〇代半ばと思われる小肥《こぶと》りの人物がビリヤード台の上に腰かけていた。着ている服はサビル・ロウ仕《し》立《た》てかもしれないが、イギリス貴族にしては背が低いし、顔つきが下品だった。右目の光は好色で、左目の光は貪欲《どんよく》で、口もとは俗悪《ぞくあく》というところだ。

「つれてきました、会長」

「何や、男かいな」

会長と呼ばれた小肥りの男は、いささか不満そうだった。薬師寺涼子や室町由紀子を拉致《らち》しようと思っていたのかもしれない。この場合、だれが何を神さまに感謝すればよいのか、むずかしいところである。

「まあ、しゃあないわ。とりあえず、その刑事さんに尋《き》いてみたり」

「わかりました、おい、いまこの船でいったい何がおきてるんだ」

「何がって？」

　問い返した瞬間、男たちのひとりが私のスーツの襟をつかんだ。髪はごく短く刈《か》りあげ、感心するほど目つきの悪い男で、年齢は私とおなじくらいだろう。

「とぼけるなよ。この船のなかで何かとんでもねえことがおきているはずだ。人死《ひとじに》が出てるだろう。それもひとりじゃなく何人もだ」

　そのとおりだが、礼儀を守らない相手に教えてやる気にはなれなかった。沈黙していると、男はたちまち忍耐力という貴重な資源を費《つか》いはたしたらしい。私の左手の指を二本つかんだ。

「折られたいか」

「へたな冗談だな」

「冗談だと」

「まあまあ、そう乱暴にしなや」

　小肥りの男は薄く笑って手を振った。私の指は自由になった。

「刑事さん、わしはこういう者《もん》でな」

　名刺《めいし》を受けとって、男のひとりが私に歩み寄る。鼻先に突きつけられた名刺を見ると、つぎのように書いてある。

「株式会社大日本カンパニー　代表取締役会長　水《み》間守和《まもりかず》」

「敬天興業」社長の兵本と同業の人種らしい。私はせせら笑ってみせた。

「へえ、どこのヤクザ屋さんか知らないが、ごたいそうな名刺じゃないか」

　水間と名乗る小肥りの男は歯をむき出した。

「わしはヤクザやない。善良な実業家じゃ。金融に土建に不動産、芸能プロにホテル、ゴルフ場も経営しとる」

「善良な実業家が公務員を拉致するのか」

「やかましい、無差別爆撃で病院を患者ごと吹っとばしても正当防衛じゃと、アメリカの大統領がいうとる。わしらには身を守る権利があるんじゃ」

水間もたちまち本性をあらわし、両眼に兇暴な光を満たした。

「おい、古森《ふるもり》、この色男の刑事さんに、民間のキビしさを教えたれ。公務員ってやつは、考えが甘うていかん」

水間の後ろにひかえていた男が進み出た。

古森と呼ばれた男の手には、細い竹の串《くし》が五、六本にぎられていた。蛙《かえる》みたいな顔をした男だが、表情には邪念《じゃねん》と毒気がみなぎっており、とぼけた味わいなどカケラもない。

「指の爪の間に串を差しこんだれ。何本めまでガマンできるか、公務員の根性をためしたろやないか」

「会長、これまで三本が最高記録でしたぜ」

古森がゆがめた口からゆがんだ台詞《せりふ》を吐き出す。

私には、おとなしく拷問を受けるような趣味はない。どの男を盾《たて》にして反撃するか、すでに決めていた。男たちもそれを察し、殺気をみなぎらせて私の腕や肩をつかみかける。

「あたしの臣下に何をしてるの?」

全員の視線が一点にそそがれた。水着の上にパーカをはおり、ミュールをはいた絶世の美女。私の行動が一瞬だけヤクザどもより迅速《はや》かったのは、つちかわれた免疫のおかげだ。

私は手を伸ばして、目の前にいる古森の手首をつかみ、思いきりひねりあげた。

古森が絶叫を放った。彼のご自慢の竹串は、彼自身の左の掌《てのひら》に深く突き立っている。しかも無理な圧力がかかったため、途中で折れてしまい、肉のなかに串が残ってしまったようだ。取り出すには切開手術が必要である。

さぞ痛いだろう。想像しただけでこちらまで痛くなる。だがこの男は私の指に竹串を突きさこもうとしたのだ。同情するのは後日でたくさんである。

苦悶する古森の身体を突きのけた。べつの男が奇《き》声《せい》をあげてつかみかかってくる。左腕をつかませておいて、股間に蹴りをくらわせ、身体を折りかけるところを顎《あご》に一発たたきこんだ。

「よろしい、あたしの弟子《でし》だけあって、実戦に強いわね」

涼子の手にはキューがあった。ビリヤードの玉突き棒だ。

「さすが豪華客船だこと。紫檀《したん》製のキューなんて、ひさしぶりにお目にかかるわ」

いうと同時にキューが旋回した。

日本の杖術《じょうじゅつ》か中国の棍術《こんじゅつ》かはさだかでないが、華麗というしかない。男たちのひとりが、顎を突きくだかれ、声もあげずに横転《おうてん》する。その男が床で音をたてるより早く、べつのひとりが右耳の上にキューをたたきこまれ、壁にたたきつけられた。

「な、何をしとる。さっさとかたづけんかい」

水間が満面にどす黒い憤《ふん》怒《ぬ》をたたえてわめいた。優雅な冷笑を放って、涼子は体重のない者のような身軽さでビリヤード台の上に躍り立つ。

三人めの男がビリヤード台の上に躍りあがった。たけだけしいウォークライを放ち、太く長い腕を伸ばして涼子のキューをつかもうとする。

紫《し》電《でん》一《いっ》閃《せん》。

男は鼻下の急所をしたたかキューの先で突かれ、苦痛に身を折った。第二撃が胃のあたりに突き刺さる。キューを引く。みたび突き出す。

男は胃液を宙に吐き出しながらビリヤード台から飛び出し、はでな音をたてて床に落下した。

四人めの男がビリヤード台の端をつかんで身をはねあげようとする。だが私がそうさせなかった。私は手を伸ばして男のスーツの裾をつかみ、床に引きずりおろすと、振り向く顎にひざげりをくらわせた。

　これで合計六人を床に這《は》わせたことになる。水間と、左右を守るふたりだけが残った。いずれも顔面蒼白《そうはく》の態《てい》である。

　武器を持った兇悪無惨な暴力団員を、何人もまとめてキュー一本でなぎたおす女性。それが「ドラけお涼」なのだ。

「どう、まだ運動がたりない？」

　ミュールの踵で鎖骨《さこつ》のあたりを踏まれた男のひとりが、鼻血と紫色のアザとにいろどられた顔を敗北感にゆがめた。

「こ、降参……」

「あーもう、日本のヤクザってボキャブラリーが貧弱だからイヤよ。こういうときには、せめてシェークスピアの台詞ぐらい引用してごらん。『実に愚《おろ》かなるは男という生き物、力で女を服従させようと虚《むな》しく望むなり』……」

「シェークスピアの作品にそんな台詞がありましたっけ？」

「あると思えばあるのッ！」

「はいはい」

「こら、状況がわかっとるのんか。なごやかに漫才なんぞしくさるな！」

　水間が唾《つば》を飛ばした。ずいぶん不本意《ふほんい》ないわれようである。

　水間の手には四五口径とおぼしき拳銃があった。豚の鼻に似た不恰好《ぶかっこう》な消音装置がついている。全世界がテロの脅威におびえる今日のご時世で、普通の拳銃など船内に持ちこめるはずがない。消音装置もふくめ、金属探知機にひっかからないセラミック製であろう。

　だいたい世界のテロリストや犯罪組織が所有している武器の半分以上はアメリカ製なのだ。水間が手にしたセラミック製の四五口径拳銃も、アメリカ軍の特殊部隊が使用しているといわれる。そのことを売りものにして、アメリカの兵器会社が他国へ輸出しているのだ。

「こっちを向かんかい、このアマ！」

自称「善良な実業家」が咆哮《ほうこう》した。

「覚醒剤《シャブ》づけにして香港で売りとばしたる。床におりてこっちへ来いや」

Ⅳ

涼子は水間のどぎつい命令にしたがった。ただし相手の予測したスピードよりはるかに迅速《はや》く、破壊的な動きだった。

振り向きざま、涼子のミュールの踵が水間の顔面を直撃する。

何かがひしゃげたような怪音とともに、水間はのけぞった。黄金色の破片が宙に散ったのは、くだけ飛んだ金歯だ。つぶれた鼻と裂けた唇から血をほとばしらせて水間は身体を一回転させ、両手をひろげて床に倒れこむ。

水間の手からセラミック製の拳銃が飛んだ。それが床に落ちる寸前、私はダッシュして宙ですくいあげ、そのまま涼子に向けて放った。あざやかに涼子は受けとめ、信じられないスピードで狙点《そてん》をさだめ、引金《トリガー》を引いた。くぐもった低い銃声が二発。

一弾がセラミック製の戦闘ナイフを撃ちくだき、一弾がブラックジャックを引き裂いた。

ふたりの男が立ちすくみ、反応できずにいるうち、私は涼子から受けとったキューで彼らの側頭部《そくとうぶ》をたてつづけになぐりつけた。ふたりは目と口を丸くしたまま床の上にのびた。これで全員が戦闘力をうしなったことになる。

涼子はセラミック製の拳銃を右手に持ったまま、ナサケヨウシャなく水間の腹をミュールで踏みつけ、叱咤《しった》の声をあびせた。

「幼稚園のころ、あたしのお気に入りの玩具《オモチャ》を踏みつけてこわしたあげくドブにすてた悪童《ワルガキ》がいたけどね。そいつがどうなったか教えてやろうか、ええ、こら、何とかいったらどうなのさ⁉」

「うう……ホセ・モリタが……」

「何⁉　ホセ・モリタがどうしたの。あんた、やつの知りあいなの⁉」

水間は返事をしない。完全に気絶してしまったようだ。私がそう涼子に告げると、美しい復讐の女神は形のいい鼻の先で笑った。

「タヌキ寝入りじゃないの？　そうだ、こいつの足の裏をライターの火で炙《あぶ》ってやろうか」

「だめです」

「そうね、こいつの足、臭《くさ》そうだもんね。しかも脂《あぶら》っぽいみたいだし、イヤだイヤだ、やめとこう」

「そうではなくてですね……」

私は涼子の台詞を反芻《はんすう》した。幼稚園のころがどうとかいっていたが、つまり私は涼子のお気に入りのオモチャということか。こわされないだけマシというところだ。

「とりあえず、理路整然とした話は聞けそうもありません。どこかに収容して、必要なら船医《ドクター》に治療してもらいましょう」

「首枷《くびかせ》をはめて鎖につないでおく？」

「そんなもの、どこにあるんですか」

いいながら、船医《ドクター》の渋面《じゅうめん》を思い浮かべる。クルージング中の豪華客船で、これほど過重労働を強《し》いられるとは思わなかっただろう。

ビリヤード室のドアが開いた。一瞬あらたな敵かと思ったが、

「おそいわよ」

と、涼子が声をかける。ドア全体をふさぐような巨漢は、「マリちゃん」こと阿部真理夫巡査だった。

「大丈夫か」

「はあ、何とか」

阿部巡査は短いなりに髪も乱れ、鼻血を流し、シャツのボタンがちぎれ、いつにもまして幼児が見れば泣きだすような姿だ。両手に暴力団員らしい男たちの襟首をつかんでいるが、そのふたりは完全に気

絶している。

「何人やっつけたの？」

と、女王陛下がご下問《かもん》あそばす。

「このふたりだけであります」

もちろん水間の子分どもだろう。呼吸をととのえながら阿部巡査は男たちを放した。

「どうも関西方面の暴力団のようでありますね。本官は捜査四課《マルボウ》のおてつだいを何度もさせていただきましたが、見知った顔はひとつもありません」

たしかに「ドラよけお涼」の顔を知ってるやつがいないようだ。これはもう、東京ではありえないことである。

阿部巡査はハンカチで鼻血をぬぐい、私に話しかける声を低めた。

「それにしても、上層部《おえらがた》は何を考えてるんですかね。こんなケンノンなところへよくもまあ警視どのを……」

「まったくだ。こんなケンノンな環境に『ドラよけお涼』を放りこんだら、ケンノンどころか破壊的な状況になるに決まってる」

「はあ」

「過去から何も学んでないんだ。だからキャリア官僚ってやつは……あ、キャリアといえば、室町警視と岸本警部補はどうした？」

「おふたりとも、『捜査本部』においでです。貝塚巡査がいっしょで、いまのところそちらは安全です」

そうではあろうが、やはり心配なので、阿部巡査はすぐに帰し、事務長に連絡してもらった。

水間の子分は合計一〇人。「捜査本部」を襲撃するには人数不足だったようだ。

涼子が血のついたキューを床に放り出した。

「何をコソコソ密談してるの。さっさとこいつらを地下牢に閉じこめるのよ」

事務長が三名の船員をひきつれ、あたふたと駆けつけてきた。

水間と一〇人の子分たちは、窓のないインサイド・ステートルームの一室にまとめて監禁された。これが地下牢がわりというわけだ。このような船室《キャビン》は、船長の権限により、航海中の留置場として使用されることがあるのだという。ドアには外から鍵《かぎ》がかけられ、船員たちがソファーやら戸棚やらを運んできてドアの前に置いた。

「ま、武器も手にはいったし、いちおう生かしておいてやるけど、もしあたしにさからうような愚行《ぐこう》をくりかえしたら、日本海溝に沈めて深海魚のエサにしてやるからね。わかったら返答おし！」

涼子の脅迫に、水間たちは返答しなかったが、セラミック製の拳銃を手にした涼子は気にしない。

「さて、つぎはホセ・モリタの詐欺師野郎をとっちめてやるとするか。泉田クン、ついておいで」

あれほどのアクションをこなした後、ひと休みしてお茶を飲むでもない。ホセ・モリタに策動《さくどう》の時間をあたえるつもりなどないようで、涼子はミュールの踵《かかと》を鳴らしてつぎの目的地を攻略に向かった。その行動力に、いまさらおどろきはしないが、やはり感心してしまう。

「それにしても、着替えたらいかがです」

「着替えてる間に、ホセ・モリタが逃げ出したらどうするの！」

「逃げやしませんよ。逃げる理由がない」

拳銃がむき出しではいくら何でもまずいので、何とか説得して私がスーツの内ポケットにしまいこんだ。

ホセ・モリタのスイートに押しかけると、ラ・パルマの前大統領は、うれしそうに美しい闖入者《ちんにゅうしゃ》を迎えたが、涼子が水間の名を出しても顔色ひとつ変えない。

「ミズマ？　知らんね、何者だ」

「薄汚れたジャパニーズ・ヤクザよ」

「ますます知らんね。何で私がヤクザだのマフィアだのと知りあいだと思うのだ？」

「顔を見りゃわかるわよ」

「テロリストハミナゴロシダ！」

ツガがどなる。だが迫力がない。涼子の水着姿を見て眉が下がってしまっているからで、兇暴なわりに正直な男である。

「ヤクザの口からあんたの名前が出たのよ。いさぎよくやつらとの関係を白状したらどうなのさ。真実を知られるのがこわいの？」

「私は何も恐れんよ。なぜなら、つねに正しい道を堂々と歩き、うしろめたいことが何ひとつないからだ。だから何も恐れる必要はないのさ」

「あんたが神を恐れていないことはわかったわ。だけど、ひとつ忠告しといてあげる」

「ほう、ひとつうかがおうか。美女の忠告ならいくらでも聞く耳がある」

「神を恐れなくていいから、あたしを恐れなさい」

涼子がいい放つと、ホセ・モリタの目がわずかに細まった。

「すばらしい忠告だ。たしかにセニョリータ・ヤクシージの美しさは恐ろしいほどだし、能力も豊かそうだ。だが、私が君に対して抱く思いは恐怖ではない」

肉の厚い舌を出して、ホセ・モリタはゆっくりと唇をなめた。

「私は君をかわいいと思っているのだよ。だが、完璧ではないな。私の理想はヤマトナデシコだ。男につかえることを喜びとし、従順でつつましく内助《ないじょ》の功をたてる。日本の女性は永遠にそうあるべきだ」

涼子の瞳に雷光《らいこう》がきらめいた。ホセ・モリタの女性観の旧《ふる》さに私もおどろき、涼子の怒りを理解した。二一世紀にもなって、まだそんなことをいう男がいるとはね。

同時に私はホセ・モリタに対して不気味さを感じずにいられなかった。詐欺師が時代おくれの虚勢を張っているだけならいいが、何か音もなくこちらの神経網を浸《ひた》してくる毒液の存在が感じられたのだ。

たしかにホセ・モリタは詐欺師だが、ただの詐欺師ではなく、治安維持を名目《めいもく》にラ・パルマ共和国で大量の血を流した人物である。日本人にはめずらしく、殺戮者としての素質を持っているかもしれない。

「いくわよ、泉田クン」

涼子にしてはめずらしいが、一〇倍にして反論することをせず、踵《きびす》を返した。戦術のたてなおしが必要と感じたのだろうか。

廊下を歩きながら、肩ごしに私をかえりみた。

「泉田クン、やつの目的は何だと思う?」

「ホセ・モリタの目的ですか。それはもちろんラ・パルマの大統領に返り咲くことでしょう」

「そうかな」

「べつの可能性があるとおっしゃるんですか」

私の問いかけに、涼子は即答《そくとう》しない。廊下を歩く船客の数はすくないが、例外なく彼女の水着姿を見て声をのむ。彼らの存在を涼子は完全に無視していたが、「捜査本部」の近くまできて紅唇《こうしん》を開いた。

「ラ・パルマの大統領って、そんなに甘い汁を吸える地位かしら」

それはいまさらの疑問のように私には思えた。

「ですが、ラ・パルマの大統領だったからこそ、ホセ・モリタは日本から何十億ドルという援助金を巻きあげて、私腹《しふく》を肥やすことができたんですよ。それ以上に、あるいはそれ以外に、何を望むというんですか」

「まあそうなんだけどね」

涼子は明るい色の頭をかるく振った。その内部では、何色か知らないが、脳細胞がきらきらかがやきながら活動しているにちがいない。そして最終的に、もっとも過激な結論を出すのだ。

「泉田クン、何かいいたそうね」

「いえ、べつに」

「あたしは君にとってミチビキの星なんだから、忠実についてくればいいの、わかった⁉」

涼子が白魚のような指でさししめす光は、希望の明星《みようじよう》に見えて、じつは地獄の火山の噴火口だろう。そうとわかってはいるが、私としてはついていくしかない。

「安定しているから公務員になりたい」と思っている人たち、あまり甘い幻想を抱かないことだ。公務員なんて上司次第《しだい》でどんな道を歩むことになるか、知れたものではないのだから。

「返事はどうしたの？」

「わかりました。覚悟はできてます」

「何で覚悟が必要なのよ」

話しながら、「捜査本部」のドアをあけると、室町由紀子の声が飛んできた。

「お涼、あなた、その恰好《かっこう》で船の中を歩きまわってきたの!?」

「うるさい女ね。もっと本質的な議論をしたらどうなのよ。枝葉末節《しようまつせつ》ばかり気にしてさ」

涼子は平然としていたが、私は内心、赤面せずにいられなかった。由紀子が指摘した点について、もっと強く涼子に進言しておくべきであった。まったく、他人のスケベさを笑ってばかりいられない。

第六章　マドロスお涼、参上

Ⅰ

室町由紀子のお説教を鼻先で笑いながらも、涼子はいったん自分の船室《キャビン》にもどって着替えた。といっても、船内で買い求めたクレオパトラ八世号のロゴマークがはいったマドロス帽に、同様のTシャツ、白いホットパンツにミュール、完全無欠の脚線美はむき出しという姿だから、あいかわらず非常時の犯罪捜査官には見えない。

どういうつもりか、涼子は阿部巡査に対して、プールからバケツで水をくんでくるよう命じた。阿部巡査は首をかしげながらもスナオに「捜査本部」を出ていく。

由紀子と私はテーブルに船内図をひろげて、いくつか意見を交換したが、特筆すべきアイデアも出なかった。ふと気づくと、涼子はソファーにすわっている。脚線美を見せびらかしながら、何やら本を読んでいる。横文字の本である。私は彼女に歩み寄った。Tシャツにつつまれた胸は、脚同様に完璧だが、この魔女め、もしかしたらブラジャーをつけていないかもしれない。

「何を読んでらっしゃるんです？」

涼子は無言で表紙を見せた。英語で『マダム・ロスリンとソロモン王の秘宝』と記してある。題名を見ただけで内容が想像できるようなペーパーバックだ。

マダム・ロスリンは国籍不明の女性富豪で、古代史や神秘思想にくわしい冒険家。といえば聞こえはいいが、ケチで欲ばりなので、世界の各地に出かけては、一万ドルを得るために一〇万ドルを損するような失敗をくりかえしているオバサンだそうである。彼女を主人公にした『マダム・ロスリンシリーズ』はすでに二〇冊ほど出版され、英語圏でベストセラーをつづけているそうだ。主要な作品としては、『マダム・ロスリンとフビライ汗《ハーン》の黄金』『マダム・ロスリンと北極の穴』『マダム・ロスリンと三匹の灰色宇宙人《グレイ》』などがあるということである。

「そんな本が売れてるんですか。二一世紀も前途が暗いですね」

「売れてくれなきゃこまるのよ。このシリーズの翻訳出版権、うちが出資してる出版エージェントが持ってるんだから」

「はあ、ほんとに多角経営ですね」

「巷談社《コウダンシャ》に売りこんでるんだけどね。あそこもこのごろ不景気でさ、なかなかあたらしい企画に乗ってこないの」

「イヤなご時世ですね。ところで」

誠意のないアイヅチを打ってから、私は話題を変えた。

「そろそろ夕方です。陸と連絡がとれないまま夜になったら、船会社が心配に耐えかねて海上保安庁に連絡するかもしれません」

「そうね」

何だか気のない返事である。

「そうなったら、あなたの望むような形では、この事件は解決しないかもしれませんよ」

「そのほうがいいわ。ずっと世の中のためよ。おとなしく、ヘリでも来るのを待ってましょうか」

由紀子がニクマレ口をたたく。アヒルみたいに室内を歩きまわっていた岸本が立ちどまった。

「それじゃ、ヘリが来たらボクたちキャリア組は引きあげましょうか」

「ちょっと、岸本警部補、何をいいだすの」

「いえね、ボクは痛感《つうかん》しているのですが、キャリアの重要な仕事は、有能な第一線のノンキャリアのジャマをしないことだと思うのですよ」

シタリ顔の岸本に、涼子が、トゲだらけの視線を向けた。

「あたしが泉田クンの足を引っぱってる、と、そういいたいわけ?」

「ああ、いやいや、けっしてそういうワケでは」

岸本が頭と両手を同時に振る。たしかに涼子は私の足を引っぱったことなど一度もない。そのことは言明《げんめい》しておかないとアンフェアである。涼子はただ私の襟首《えりくび》をつかんで、危険な方向へと引きずっていくだけである。

ドアがノックされた。貝塚さとみ巡査が開いてみると、姿をあらわしたのはクルージング・ディレクターの町田氏だ。本来もっと元気で明るい人なのだろうが、見るからに憂色《ゆうしょく》が濃い。

「ダンサーたちが怯《おび》えてしまいましてね」

それは当然のことだ。

「違約金《いやくきん》を支払ってもいいから、一刻も早く船からおろしてくれ、というのです。とりあえず港に着くまで待て、といったのですが、なかなか聞きいれません。どこでもいいからいちばん近い港へ直行できないか、何なら費用を出しあってヘリコプターを呼びたい、とまでいうのです」

町田氏が困惑するのもまた当然だが、私はようやくまともな反応に出会えたような気がした。昨夜からの惨劇続出で、怯えないほうがどうかしている。

「こういう状況だからこそ、ショーなどはなるべく平常どおり上演したいのですが、私どもも説得の材料に困《こう》じまして。できればどなたか警察の方にご足労《そくろう》いただき、ダンサーたちの不安を払っていただきたいのですが、いかがでしょう」

「それはボクが引き受けました」

しゃしゃり出てきたのは岸本である。

「テロや犯罪の恐怖におびえる善良な市民をメンタル・フォローするのも警察の重大な責務《せきむ》です。不肖《ふしょう》ながらボクがおてつだいいたしましょう」

何がメンタル・フォローだ。私はあきれたが、町田氏がスナオに喜んで「ぜひお願いしたい」といったので、よけいな口を差しはさまなかった。涼子も由紀子も何もいわなかったが、それぞれの思惑《おもわく》で、岸本がいないほうがむしろ捜査のジャマにならなくていい、と思ったのであろう。

岸本が町田氏に案内され、「重大な責務」のためにいそいそと出ていくと、いれかわるように阿部巡査がもどってきた。両手にバケツをさげている。バケツの中ではプールの水がゆらめいて照明を反射していた。

「プールの水を持ってまいりました」

「ご苦労さま、そこの隅にでも置いておいて」

つい私は尋ねた。

「そんなもの何にするんです?」

「あたしにさからうやつがいたら、両手にバケツをさげたカッコウで廊下に立たせてやるのよ。あたしが裁判官なら、微罪《びざい》に対してこの罰をあたえるけど」

涼子は東京大学法学部在学中に、司法試験にも合格しているのだった。その気になれば、研修後はすぐにでも弁護士に転身できる。検事にもなれるはずだが、これは法務省がナリフリかまわず任官《にんかん》を拒否するだろう。裁判官は……冗談でも考えたくない。裁判所の廊下に、人相の悪い男たちがバケツをさげてずらりと並ぶ姿は、日本という国に対する外国人の印象を変えることだろう。

室町由紀子が皮肉った。

「それは意外だったわ。あなた自身がいろいろ反省して、バケツをさげて立つのかと思ってた」

涼子はことさらに由紀子を無視して貝塚さとみを見やった。

「ティーポットでお茶をわかしてくれない?」

「かしこまりましたぁ」

貝塚さとみ巡査がティーポットを片手にウェットバーに駆け寄り、水道の蛇口《じゃぐち》を開いた。水が勢いよく出てくる、はずなのだが、いくら貝塚巡査が栓《せん》をひねっても空気しか出て来ない。

「断水でしょうかあ……あ、出てきたあ……あれ⁉」

やたらと「あ」の発音が連続したが、室内にいた全員の視線の先で、水道の蛇口から出てきたのは水ではなかった。何とも奇怪な流動体だった。

それは銀色のマムシに見えたが、いったん蛇口から外界へ出ると、みるみる太くなった。ビールの大瓶ぐらいの直径だ。

「蛇口とはよくいったもんだなあ」

思考回路のどこかがショートしたらしく、私はピンクの文字でそんなくだらないことを考えた。同時に、銀色の蛇体はするりと蛇口からぬけ出して床に落ちた。音もなく、波うちながらひろがっていく。

「伏せて！」

一も二もなく、全員が涼子の声にしたがった。床に向けてダイビングするのと同時に、私の頭上に銀色の波がひらめく。それは勢いよく空を切り、慣性でそのまま壁に衝突すると、はね返るように天井へ跳《と》んだ。

壁面に亀裂《きれつ》が生じていた。銀色の波がぶつかった形そのままに、鉈《なた》で斬りつけたような深い裂け目だ。慄然《ぞつ》とした。一瞬、いや半瞬の差で、私は、頭をスイカみたいにたたき割られずにすんだのだ。切断された頭髪が何十本か床に飛散していた。

「また来る！」

だれの声かわからない。私は床の上で身を反転させた。眼前に銀色の滝が急速落下してきて、床を切り裂く。またも間一髪《かんいっぱつ》で、私はギロチンにかかるのをまぬがれた。この世で最悪の存在のひとつ、生きたギロチンだ。

三度めは避けられない。そう思ったとき、涼子の姿が視界に映った。マドロス帽をどこかに飛ばし、茶色の髪をむき出しにして、バケツを手にしている。

バケツをかかえた戦いの女神。

「これでもくらえ！」

躍りあがろうとする銀色の怪物めがけて、バケツの水があびせられる。怪物がすばやく回避したので、水の大部分は床を打って飛沫《しぶき》をあげたにすぎなかった。

だがわずかの水がかかっただけで、劇的な変化が生《しょう》じた。怪物の不定形の身体から白い煙が噴き出し、金属的な苦鳴《くめい》が床から壁を震わせた。この怪物に声帯があるとは思えない。蛇などとおなじで、器官でもこすりあわせているのだろうか。

私ははね起き、もうひとつのバケツをつかんだ。バケツ自体を怪物にたたきつける。今度は水の半分ほどが怪物にかかった。

白い煙をあげながら怪物は床の上でもがきまわる。その身体が明らかにちぢんでいく。バケツの水はプールから汲《く》んできたもので、つまり海水だ。この怪物はナメクジのように塩分に弱いのだろうか。

怪物はちぢみながら苦しまぎれのように身体の一部を伸ばし、振りまわした。銀色の刃が天井や壁やソファーなどをやみくもに切り裂き、人間たちは必死で身をかわす。

不意に攻撃がやんだ。立ちあがりながら、私は、まさにドアの隙間《すきま》へ消えようとする銀色の流動物を見た。

Ⅱ

ようやく立ちあがって由紀子があえいだ。

「あんな怪生物が現実に……」

「現実というシロモノに、どのていどの価値があるかはともかくとして、あんたもその腐ったマナコでよく見たでしょ」

涼子が床からマドロス帽をとりあげてかぶりなおした。私は彼女を見やって、なるべく静かにいった。

「もうそろそろいいでしょう。あの怪物について知識がおありなら、教えてください」

「……そうね、ま、そろそろいいか」

　涼子は椅子のひとつに腰をおろすと、説明をはじめた。

　ラ・パルマ河からアマゾン河の上流にかけて、熱帯雨林のなかに棲《す》むといわれる銀色の怪物。もともとは銀山の地下深くで生まれ、洪水で銀山が水没したとき河に流れ出た。姿は不定形で、水と同様、どのようにせまい隙間を通っても移動できる。身体は銀をふくむ金属でできているが、ヨーロッパ人の渡来以降、人肉の味をおぼえた。とくに血をぬいたあとの肉を好むという。

「……人肉を食う流体金属、ですか」

「あるいは『生きた水銀《ラ・ペノラロスタ》』」

　吸血鬼の話はいくらでも聞いたことがあるが、血を抜いたあとの肉を好むとは異常なグルメだ。この「ラ・ペノラロスタ」におそわれた鉱山は、奴隷にされた先住民も、それを虐待《ぎやくたい》していたスペイン人の監督も、暗黒の坑道《こうどう》でつぎつぎと姿を消し、無人となったという。スペイン人にしてみれば、無人になった銀山を放置してはおけず、あらたに監督と奴隷を送りこむ。それが何度もくりかえされ、犠牲者は莫大《ばくだい》な数に上った。「ラ・ペノラロスタ」の弱点は唯一、塩分で、ゆえに岩塩鉱だけは無事であったそうだ。

　ようやく私は思いあたった。

「それじゃ、死者が続出しているあの時機《じき》に、ことさらプールで泳いでみせたのは……」

「そういうこと。やっとわかった？」

　涼子は満足そうにうなずき、脚を組みかえた。

「もし惨劇の犯人が、あたしの想像しているとおりだとしたら、海水のプールにはけっして近づかない。それを確認するのが第一。ということは当然、第二があるわけだけど、それはわかるよね？」

　どうにか私は答えることができた。

「ホセ・モリタが関与《かんよ》しているかどうか、それを確認するためですね」

「正解」

つまり、こういうことだ。船内で連続惨殺事件が発生したことは船客たちに知られている。彼らは不安と恐怖感を抱き、身の安全に配慮《はいりょ》するようになる。そのような状況で、わざわざ服をぬいで身体をさらし、防御力を低下させる心理にはなれない。だからこそプールには客がいなかった。

それなのにホセ・モリタは平然としてプールに姿を見せ、水中で愛人といちゃついていた。なぜそのようなことができたのか。海水のプールは安全だとわかっていたからだ。つまり犯人の正体をホセ・モリタは知っていたのだ。知っていながらそのことを他者に告げなかったのはなぜか。ホセ・モリタが共犯、いやそれどころか首謀者だったからだ。

「おそれいりました」

心から私が頭をさげると、涼子は完璧な形の胸をそらした。

「どう、すこしはあたしを見なおした?」

「見なおしたどころか、深慮遠謀《しんりょえんぼう》のほど、感服いたしました」

「あたしのやることには、ちゃんと捜査上の目的とか戦術上の計算とかがあるの。何もあたしの美しい身体を見せびらかしたいだけでプールにいったんじゃないんだから」

私は美貌の上司をまじまじと見つめた。

「だけじゃない、というと、やっぱり多少はその目的があったんですね」

これは失言だった。たちまち女王陛下はご機嫌をおそこねあそばした。

「ひとつ尋《き》くけどさ、美しい身体を隠すのと、ミニクイ身体を人目にさらすのと、どっちが罪が大きいと思う?」

「えーと、むずかしい質問ですね」

拙劣《へた》に私がかわそうとすると、室町由紀子がひさびさに口を開いた。

「あなたは存在自体が罪でしょ、お涼」

「あら、気のきいたことというじゃない」

「感心ね、すこしは自覚してるの？」

「まあね。あたしが身体を見せるのは罪つくりだけど、あんたが身体を見せるのは、見る者にとって罰だもんね」

「どういう意味⁉」

「あんたが思ってるとおりの意味よ！」

「それより重要なことがあります。怪物がどこにいったかですよ」

かなり強引《ごういん》に私は割りこんだ。じつは私には、ひとつの推論があった。

海水の浸入が絶対に許されない場所。しかも人間が出入りすることもできない密閉された空間。そんな区域が、巨大な客船の内部に一ヵ所だけある。

淡水のタンクだ。

クレオパトラ八世号には三〇〇〇トンの淡水が貯蔵されている。怪物はそのタンクのなかに身をひそめているのだ。銀色のクラゲのように浮かびながら、望むとき望みのままに船内に出没する。水道管のなかを通って密室内にも出現し、ドアの隙間からすべり出る。とてつもなくやっかいな相手だ。

涼子がもったいぶってうなずいてみせた。

「あたしも同感。怪物は淡水のタンクにいるのよ。お由紀には理解できないかもしれないけど」

「わたしにだってわかります。怪物は水道の蛇口から出てきたんだから。合理的に考えれば当然、泉田警部補の推理どおりになるはずよ」

由紀子は私をほめてくれたのらしい。涼子はすぐ船内電話で町田氏を呼び出し、淡水タンクについて質問した。町田氏は即答した。

「淡水のタンクはふたつあります。万にひとつ、一方のタンクの水が汚染されるようなことがあってももう一方は安全なようになっているわけです」

「賢明な方法ね。それでタンクの形と大きさは？」

「タンクは円筒形で、直径六メートル、長さが五三メートル、容量が一五〇〇立方メートルになります。それが二本、船底部の第一層に並んでおりまして……」

「よくわかったわ。どうもありがとう。また質問するかもしれないからよろしく」

涼子は船内電話を切って私たちをかえりみた。

「怪物は現在ただいま船内のどこにいるかわからない。でも最終的にはこのタンクにもどってくる。ここなら安心だと思っているからね」

「怪物に思考力はあるんですか」

「いちおうあるわよ。人間とは異質のものだろうけど、人食いザメと似たようなレベルでね。ホセ・モリタがそれをどうやって手にいれたかは、いずれ力ずくで白状させるけど、あいつは治安維持と称して何千人もの反政府ゲリラを虐殺してる。行方不明の人はどうなったか、もはや明らかよね。で、怪物をやっつける方法だけど……」

怪物は海水に溶《と》ける。だとしたら海へ放り出せばよい。船の外すべてが私たちの武器になる。いや、船内にも武器はある。プールには海水が満たされているし、プールや造水機に海水を採《と》りいれるため、強力なポンプだって具《そな》わっているはずだ。

「いざとなればホースで海水をまいて、怪物を追いつめることもできますね」

「そしてタンクへ逃げもどったら、何とそのタンクには海水がまじっている、と、そういうところかな。よし、もう勝ったも同然」

「油断すると思わぬ泣きを見るわよ」

思っても私が口にしないことを、直言したのは由紀子だ。

「あたしのどこが油断してるってのよ」

「油断してるからこそ、そんなはしたない服装をしてるんでしょう? 言動こそ好戦的だけど、戦いに臨《のぞ》む服装なの、それが」

「あたしの場合はそうよ。あんたのほうこそ露出癖《ろしゅつへき》があるんじゃないの。ホセ・モリタのスケベ親父《おやじ》がプールで愛人といちゃつくからって、あんたが水着姿になる必要ないじゃないのさ」

「あなたといっしょにしないで。あれはしかたなかったの。水着にならないと、プール室のなかについてくるのを拒否する、外で待っていろって」

それでは警護の役がはたせないから、由紀子としては要求にしたがうしかなかったわけである。ホセ・モリタのやつ、とんでもないセクハラ中高年《おやじ》だ。もっとも私としては思いがけない目の保養になったので、ホセ・モリタをあまり悪《あ》しざまにいうのは、フェアではないかもしれない。おなじことを涼子が要求されたら、鼻先で笑いとばしただろうが、それができずにつけこまれるのが由紀子のマジメさだ。

Ⅲ

私はいそいで口をはさみ、この船の船客全員が「敵」ではないか、という推論をのべた。必要な話ではあるが、何より、涼子と由紀子との対立をウヤムヤにしたかったのだ。

「それじゃ五〇〇人相手に渡りあうんですか」

私の推論を聞くと、阿部巡査がさすがに緊張したようすで左右を見まわした。室町由紀子は涼子に劣らない美しさの指を顎《あご》にあてて考えこむ。涼子だけは平然。

「五〇〇人だろうと六〇〇〇人だろうと、数にびびる必要なんてないわよ」

「どうしてですか」

「いったでしょ、あたしの大好物」

「悪党どうしの共食いですか」

「そうよ。それで両方とも壊滅《かいめつ》すれば、社会のためにもなってステキじゃない?」

「社会のためねえ」

もちろん私は信じなかった。見たところ、由紀子もふたりの巡査も信じていないようすである。

「たしかに悪党どうしが共食いするのはけっこうですが、一般の船客に害がおよんだらまずいでしょう」

「一般の船客なんて、いないいんじゃなかったの」

「あやしい連中ばかりに思えますが、一般の乗客がいないとはかぎりません。ひとりでも巻きぞえにしたら、あなたの失脚《しっきゃく》をねらっている手合《てあい》に口実を与えます」

「ふーん」

「何ですか、その目つきは」

「いや、泉田クンもいろいろレトリックを弄《ろう》するようになったと思ってさ。あたしが思わずうなずきそうになるくらいだから、お由紀あたりをまるめこむのはタヤスイことよね」

ぎくりとした。見すかされているような気がして、とっさに返答できない。

「だれがまるめこまれてるですって？」

由紀子が詰問《きつもん》したが、涼子はわざとらしく脚を組みかえながら答えた。

「べつに。あんたはトゲトゲ、カドカドで、かたくるしい人生を送っていくのがお似あいだなんていってないわよ」

「いってるじゃないの！」

「そんなことより重大な件があるわ。そろそろいいでしょ、泉田クン、例のＭＤ《ミニディスク》を出して。ホセ・モリタのやつがスペイン語でどんなことをホザいてるか、お由紀に聞かせてやるから」

由紀子は怒りの鋒先《ほこさき》をはずされてとまどった。

「スペイン語はわからないの。通訳して」

「して？　してですって！　ずいぶんエラソーないいかたなさるのね、室町警視サマ」

由紀子は白珠のような歯で唇を噛《か》んだ。

「お手数かけるけど、通訳してくださらない？」

「そうそう、将来、人の上に立とうと思うならケンキョでなくっちゃね。あんたにはむずかしいことだろうけど、努力しなくっちゃ」

有利な地歩《ちほ》を確保しているものだから、涼子はどこまでもつけあがる。救いを求める視線を、由紀子が私に向けた。私としても参戦、ではない、支援せざるをえない。

「まったく、おっしゃるとおりです。で、通訳してくださるんでしょうね」

「通訳してあげるのはいいけどさ、あたしが正確に訳しているかどうか、誰が判断するわけ？　誤訳《ごやく》したって、チェックしようがないでしょ」

涼子が邪悪《じゃあく》に微笑する。由紀子は噴火寸前の表情になった。私はまじめくさって涼子に告げた。

「事態は一刻をあらそいます。あなたが誤訳したりするはずがありません。ですからお願いします」

涼子はマドロス帽に手をやってウシロマエにかぶりなおした。椅子を回転させると、馬かオートバイにまたがる姿勢でやはりウシロマエにすわり、両腕を背もたれの上に載《の》せて私を見すえる。

「何でそういいきれるのよ」

「あなたはスペイン語に対して知識とプライドがあります。それに、何よりも、ホセ・モリタの野心をはばみたいはずで、そのために最善をつくさないのはあなたらしくありません」

涼子はふくれっ面《つら》で私をにらんだ。まったくこまったことだが、たぶん世界一魅力的なふくれっ面だろう。だいそれた比喩《ひゆ》だが、クレオパトラにすねられたアントニウスの心情が、すこしだけわかるような気がする。

「……チェッ、そう来たか」

舌打ちして考えこんだが、長くはなかった。

「わかったわかった、通訳してあげるわよ。でも、この貢献《こうけん》に対して、然《しか》るべき報酬はあるんでしょうね」

「それはあとで相談しましょう」

さっそく私はＭＤ《ミニディスク》を涼子の陣どるデスクに置いた。涼子がかるく呼吸をととのえ、指を鳴らしたところで、再生を開始する。

涼子の通訳ぶりはみごとだった。すでに一度、聞いているので文意は頭にはいっているのだろうが、ただ日本語に訳するだけでなく、身ぶり手ぶりをいれての声優ぶりである。

声色《こわいろ》まで出さなくていいと思うのだが、せっかくの熱演に水を差したら、「この役、おりさせていただくわ」などといいかねないので、おとなしく拝聴《はいちょう》した。

涼子の通訳によって、私たちは驚愕と怒りに値する事実を知ることができた。それはだいたいつぎのような内容だった。要するに、ホセ・モリタと義弟のツガは、日本を乗っとる計画を立てていたのだ。

「義兄《にい》さん、思いもかけないジャマ者がはいりましたが、今後の計画はどうします?」

「べつに変更する必要はないさ。ラ・パルマでゲリラどもや麻薬組織と渡りあっていたときに較《くら》べたら、ピクニックみたいなもんだ」

「日本人ときたら、隣家の火事でヒステリーをおこすくせに、自分の家が燃えはじめても平気な連中ですからね」

「おいおい、私たちも日本人なんだぞ。祖国の悪口をいっちゃいかんだろう」

「祖国で、しかももうすぐ義兄さんのものになりますからね。いまはすっかりタガがゆるんでますが、義兄さんが厳しく指導してやれば、マトモな普通の国になるでしょう」

「才能を持った人間は、それを社会のために使わなくてはならんからな。私は自分の使命から逃げようとは思わん。だから君も私に協力してくれよ。ラ・パルマでのことは予行演習にすぎん。日本を舞台にしたこれからが本番だ」

「へっへっへ、おまかせください。ラ・パルマでの経験は貴重なものでした。日本の警察を私の流儀で徹底的にたたきなおして、義兄さんのたのもしい手足にしてやりますよ」

再生が終わり、涼子が紅唇《こうしん》を閉ざして一同を見わたした。

「……よくもまあこんなことを」

ようやく室町由紀子が声を出す。それまでは「口をきくこともできない」状態だったのだ。私も似たようなものだった。ホセ・モリタを見くびっていた、としかいいようがない。ただのケチな詐欺師でないことはわかっていたが、ここまでの野心家だとは思わなかった。ホセ・モリタとツガが私の前でニタニタ笑っていたはずだ。やつらは私をふくめた日本の警察を「徹底的にたたきなおしてやる」つもりだったのだから。

「ホセ・モリタには資金も人脈もあるし、権力を奪取し維持するためのノウハウもある。いったん政府の一員になりおおせたら、あんがいスピーディーに頂点に登りつめる可能性があるわ」

室町由紀子の声も表情も、深刻そのものである。私はすこし意外だった。

「室町警視までそんなことをおっしゃるんですか。たとえホセ・モリタがクーデターまがいの方法で権力を奪取したとしても、そんなもの国民が支持しませんよ」

「そう断言できる？　泉田警部補」

由紀子の真剣な視線を受けて、私は即答できなかった。「ひとつの方向へナダレをうつ国民性」という言葉を何度も聞いたことがあるし、それを否定する材料を、私は持ちあわせていないのだった。

Ⅳ

「考えられるのは、ホセ・モリタの自作自演のテロ阻止《そし》劇ね」

涼子の口調は熱心で、表情は生気に満ちている。どうも彼女は悪党どもの犯罪計画や陰謀を精神的エネルギー源として生きているフシがある。もし地上から「悪」が根絶《こんぜつ》されたとしたら、たたきのめす相手を求めて冥王星《めいおうせい》か地底王国へと旅立つことだろう。彼女が旅立つのは自由だが、問題は私もオトモさせられることだ。

「おそらく不法入国者とか暴走族あたりを麻薬であやつり、武器を持たせ、乱射事件、強盗、放火、暴動などを続発させて社会不安をおこさせる。政府は無為無策《むいむさく》。市民の怒りと不満は、急速につのっていく」

涼子の話に一同はじっと耳をかたむけた。

「そこで登場するのがホセ・モリタ。あの男は決断力と行動力を売り物にして政治の表舞台に登場し、テロ組織を徹底的に弾圧するでしょうよ。マス・ヒステリー状態になった国民は、熱烈にホセ・モリタを支持する。支持しない者は『守旧派』とか『抵抗勢力』とか『平和ボケ』とか罵倒《ばとう》され、マスコミがそのお先棒《さきぼう》をかつぐ。目に見えるわ」

めずらしく由紀子も同意のうなずきを見せた。

「マスコミの半分は、いまだってホセ・モリタの味方よ。彼の自伝を刊行する出版社もあるし、彼を強い指導者だとほめたたえる文化人もいるし」

「ホセ・モリタが失脚し、亡命したこと自体が、日本人に反感を持つラ・パルマ人たちの陰謀だ、と主張するマスコミもあるくらいだからね」

「たしかに彼はラ・パルマでいくつかの改革はおこなったらしいけど、その点が支持されるのかしら」

「あら、日本人は改革なんてどうでもいいのよ。カッコイイ改革者が好きなだけで、改革の内容になんか興味はないの。いくらでも例があるでしょ」

「ですが、そんなに簡単に社会不安の状態をつくり出せるものでしょうか。麻薬や武器を暴徒に供給するといっても……」

顔に似あわず、といっては失礼だが、阿部巡査が慎重な口調で問題提起した。私も口を出した。

「そもそもホセ・モリタは日本に入国するとき、ちゃんと税関を通ってないでしょう?」

「入国したときはまだラ・パルマの大統領としてあつかわれていたものね」

「だったら武器でも麻薬でも、持ちこみ自由だったでしょう。外交特権を振りまわしたでしょうし、政治家たちがさぞ入国管理局に圧力をかけたでしょうからね」

私の言葉に、由紀子がうなずいてみせる。

「人や資金や物資が世界中を回流《かいりゅう》している時代ですものね。ホセ・モリタはきっと何かの地下組織とつながっているにちがいないし」

貝塚さとみ巡査が声をあげた。

「そうしますと、ホセ・モリタが麻薬組織とまだ対立してるとはかぎりませんよねえ。裏で手をにぎっているかもしれませんよお」

「呂 芳 春《ルイ・ファンチユン》、あんた、いいところに気がつくわ。そうよ、ホセ・モリタのやつ、麻薬組織にねらわれているといいながら、じつはとっくに手打ちをすませてるかもしれない。カネでかたづくことだしね」

「呂芳春ってだれのこと?」

めんくらっているのはマジメな由紀子だ。

「だれのことでもいいでしょ。とにかく、これでホセ・モリタのヤリクチはもはや手にとるようにお見通しよ」

「もともとホセ・モリタはあなたの同類みたいなものだものね」

「ご冗談あたしの目的は世界征服よ。日本みたいなチンケな国を支配したって意味ないわ」

「世界征服?」

「ま、その意味じゃ、日本なんかホセ・モリタの詐欺師野郎にくれてやってもいっこうにかまわないんだけどね。ただあいつが勝ち誇ってさ、脂肪まみれの腹を突き出してそっくりかえるのがガマンできないの」

「ちょっと、お涼、世界征服って……」

こだわる由紀子を、私は低声《こごえ》でなだめた。

「世界征服だなんて使い古されたジョークですよ。そんなもの本気になさるなんて、室町警視らしくもない」

「地下鉄にサリンをまくとか、ハイジャックされた旅客機が超高層ビルに突入するとか、そういうことも昔はできの悪いジョークだと思われていたでしょう？」

「ええ、まあたしかに現実世界は三流ＳＦ作家の妄想より安っぽいものですけどね」

私はさらに声を低めた。

「このさい動機は何でもいいじゃありませんか。せっかく薬師寺警視がやる気になってるんですから。ホセ・モリタの物騒《ぶっそう》な野望を阻止するために、彼女のパワーとエネルギーを活用するほうが賢明だと思いますよ」

「そうかしら……」

「すくなくとも彼女をホセ・モリタと組ませてはいけません。ほめる、おだてる、なだめる、すかす。これでいきましょう。すべては正義と平和のためです」

われながら口先三寸《くちさきさんずん》の外交官みたいになってきたが、「正義と平和」というお題目《だいもく》は、室町由紀子に対しては有効だった。このマジメな才女は、心から、そのふたつを尊重《そんちょう》しているのだ。さらに私はひと押しした。

「毒をもって毒を制す、ですよ」

「そうね」

ついに由紀子はうなずいた。

「毒」がうさんくさそうに私たちをにらんだ。

「気にいらないわね、何をコソコソふたりで陰謀をめぐらせてるのさ」

できるだけ私は笑顔をつくった。何だかはんとうに女王に対する謀叛《むほん》をたくらんでいるような気がしてきた。

「陰謀だなんて。どうやって薬師寺警視のお役に立とうかと相談してたんですよ」

「泉田クンがそう思うのは臣下として当然だけど、お由紀が？　そこまで真人間《まにんげん》になったなんて信じられないわね」

あまりといえばあまりな台詞《せりふ》に、由紀子が宿敵につめよろうとしたとき、船内電話が鳴った。岸本からの報告だった。室内のスピーカーにオープンにして、全員が話を聞く。もっぱらダンサーたちを説得しているというのだが、ついに一部の船客たちが騒ぎ出し、乗員たちの指示にさからいはじめた、という。

「彼らは船室《キャビン》にたてこもっています。内側から鍵をかけ、だれも近づくな、近づいたら実力で排除する、と」

「じゃ、いうとおりにしておやり。幼児とおんなじだから、腹がへったら出て来るわよ。公共の場所で暴れられたら迷惑だけど、船室《キャビン》に閉じこもっているのなら、放っとけばいいわ」

「孤立した連中が、それぞれの船室《キャビン》で怪物におそわれたらどうします？」

いちおう私は質問した。女王陛下のご返答は明快をきわめた。

「もちろん見ごろしよ！」

「やっぱり」

まあ正直なところ、船室《キャビン》にたてこもっている連中にまで手はまわらない。自力で自分を守れるつもりなのだろうから、せいぜいがんばってもらおう。

岸本との会話が終わると、貝塚さとみ巡査が溜息をついた。

「はやく陸上との連絡がとれるといいですねえ。夕べおしゃべりして、つづきは今夜、ということにしていた友だちが心配するし」

「ほう、どんな人だい」

「フランス人です。マリアンヌとリュシエンヌといいます」

貝塚さとみのさりげない言葉にうなずきかけて、私は彼女の顔を見なおした。

「ちょっと待て、どうしてお前さんが彼女たちの名前を知ってるんだ⁉」

薬師寺家の資産は日本国内だけにとどまらず、パリ市内一六区にも豪壮なアパルトマンを所有している。マリアンヌとリュシエンヌはそこに住みこむメイドで、涼子に全面的な忠誠を誓っているのだ。

　平然として貝塚さとみは答える。

「しょっちゅう話しあってますから」

「国際電話で？」

「いいえ、主として電子メールでえ」

　電子メール自体はべつに珍しいことでもないが、まさか貝塚さとみが涼子の忠実なメイドたちと知りあいだとは思わなかった。

「そのことは薬師寺警視も？」

「はい、もちろんご存じですぅ」

「ふうん……」

　コンピューターの通信網より、「ドラよけお涼」の国際的な人脈《ネットワーク》のほうがよほど驚異的である。地上の無名人・有名人だけでなく、べつの惑星や地底王国とだって通じあっているかもしれない。私が心配してやる義理は一ミリグラムもないが、つくづく、ホセ・モリタは彼女を敵にまわすべきではなかった。

第七章　官僚人生はツナワタリ

I

　私たち五人はホセ・モリタの船室《キャビン》へと押しかけた。五人というのは、薬師寺涼子、室町由紀子、貝塚さとみ、阿部真理夫、それに私である。「捜査本部」が空《から》っぽになってしまったが、何者かに占拠されてもべつに痛痒《つうよう》は感じない。せっかくの戦力を分散すべきではない、という涼子の主張に、由紀子も同意したのだ。つまりこの場にいない岸本明は、戦力外とみなされたのであった。

　ホセ・モリタは日本の警察官が捜査令状もなく入室するのを喜ばなかった。だが涼子の好戦的な命令を私と阿部巡査が実行して、手首をねじあげられたボディガードふたりの身体をホセ・モリタとツガの足もとに放り出したので、談判《だんぱん》に応じた。こんな無法者どもに道理を説《と》いてもムダだ、と思ったらしい。正しい判断である。

　もはや描写するのもめんどうくさいが、アールデコ調に飾りたてられたリビングルームで、ホセ・モリタは私たちを迎え撃った。涼子からM《ミニ》D《ディスク》を突きつけられても、平然として言い放ったものである。

「推薦してくれる人が多くてね。私は日本で参議院議員か東京都知事の選挙に出馬するつもりだ」

「テロリストハミナゴロシダ！」

　と、ツガが満足げにうなずく。涼子に何といわれても、日本語を知らないフリで通すつもりだろうか。

「全世界にテロリストが横行《おうこう》し、先進国の平和と繁栄に挑戦をくりかえすご時世だ。慢性的な戦争状態のなかにあって、日本だけが平和ボケしていては国家があぶない。テロリストどもに対する私の豊かな知識と、すぐれた決断力と、烈々《れつれつ》たる愛国心とで、私は祖国の危機を救うだろう。すでに準備はととのっているし、国家と民族につくす覚悟もできている」

せっかくの名演説も涼子には通じなかった。

「出馬するのはかってだけどさ、当選するとでも思ってるの？」

「もちろん当選するとも。私より上等な国会議員が、いったい日本に何人いるというのかね」

「うるさい、下等には下等のよさがあるのよ。寄生虫のほうが怪獣より害はすくないという見方だってできるでしょ」

「ちょっと、お涼、それじゃ反論になってないわよ」

「あんたもうるさい。だいたい政治屋どもがしっかりしてないから、あたしがよけいな苦労をするのだ！」

アタカモ被害者であるかのような台詞《せりふ》を涼子が口にするので、ホセ・モリタはあきれたように黙っていたが、ようやく口をはさんだ。

「ま、そういうわけでだ、一年後の私は、日本国の危機管理担当大臣になっているかもしれないよ。そうなったらセニョリータを私の秘書にしてあげようか。そう、セニョリータ・ムロマーチとふたりでどうかね」

「おことわり！」

涼子と由紀子がみごとなコーラスで応じた。ホセ・モリタはまばたきし、ついで好色そうに唇の両端をつりあげた。

「そうかね、まあゆっくり時間をかけて仲よくなればいいさ」

「あんたが化石になるまで待ったってムダよ。ま、どんな妄想を抱こうと知ったことじゃないけど、あんたがぬけぬけと日本の権力者になったりしたら、善良なラ・パルマ人の立つ瀬がないわね」

「善良なラ・パルマ人は、私の支持者だけだ」

ホセ・モリタが傲然《ごうぜん》とうそぶくと、涼子も負けじとホラを吹く。

「あたしの場合だったら、善良な警官はあたしの支持者だけだ、と断言できるけどね。そうでしょ、泉田クン」

返答に窮《きゅう》するような呼びかけをしないでほしい。私が沈黙していると、ホセ・モリタがイヤな笑いかたをした。

「ふむ、そこにいるセニョリータの部下のように、かね」

私は善良な警官だが、涼子の支持者ではない。いや、「善良だからこそ」か。そういってやろうと思ったが、涼子が断言した。

「そうよ」

そしてツガに美しい指を突きつけた。

「泉田クンにはこの狂犬野郎一〇〇万人分の価値があるんだから」

ツガの両眼が黄色っぽく光った。

「狂犬だと、このアマ……!」

「ほら、日本語がしゃべれるじゃないの。いちばん下種《げす》な日本語だけどさ。つぎはワンと咆《ほ》えてごらん、どうせ狂犬なんだから」

私はひょいと左脚をあげた。涼子に躍りかかろうとしたツガが脚を払われ、顔から床に突っこんだ。鈍い音につづき、うめき声をあげてツガが上半身を起こそうとする。その後頭部に、涼子がミュールの踵《かかと》をかるく振りおろした。両生類のような第二のうめきとともに、不運なツガは平たくなった。

「なるほど、これはセニョリータをちょっとばかり甘く見ていたかもしれんなあ。不覚《ふかく》、不覚」

ホセ・モリタが悦《えつ》に入った笑声をたてる。まだ余裕シャクシャクなのか、この期《ご》におよんでなお事態の認識が甘いのか。

「で、セニョリータ、いまここで最後までやるかね」

彼がすこしでも変な行動を見せたら、私はすぐとびかかるつもりだった。だが涼子は右手をあげて私を抑《おさ》えた。ホセ・モリタにすえた視線は動かさない。

「まだよ。あんたのご自慢の怪物をかたづけるのが先だから」

「どうなっても知らんぞ、バカな警官どもめ」

ホセ・モリタが冷笑する。台詞《せりふ》の前半は、私のほうこそいいたいことだ。「ドラよけお涼」を本気にさせるなんて、どうなっても知らないからな。

そう、私は薬師寺涼子を高く評価している、「破壊の女神《ゴッドネス・オブ・デストラクション》」として。彼女が本気になったら打倒できないものはないのだ。その行為そのものを楽しむ傾向があるのは問題だが、戦果はだれも否定できない。

涼子がマドロス帽をかぶりなおしてホセ・モリタの船室《キャビン》を出ていく。他の四人はそれにしたがい、私が最後尾でドアを閉めた。寸前、ツガが鼻血をふきながらようやく起きあがる姿が見えた。

廊下を歩きつつ由紀子が口を開いた。

「こまったことになったじゃない。どうするの？」

涼子は動じる色もない。

「ちっともこまらないわよ。それどころか好つごうじゃないのさ」

「何で好つごうなの⁉　ホセ・モリタは完全にわたしたちを敵と認識したわ。これから先どんな妨害をしかけてくるか、わからないのに！」

由紀子がムキになるほど、涼子は落ち着きはらう。

「まったくモノワカリの悪い女だこと。でもまあ落ちコボレを放置しておくと、教育上よくないわね。泉田クン、説明しておやり」

しかたなく私はスポークスマン役をつとめた。

「薬師寺警視が好つごうというのは、あくまでも彼女自身にとってのことなんです。つまり最初から、ホセ・モリタを痛めつけて再起不能にしてやりたかったのですが、ホセ・モリタがおとなしく紳士をよそおっていたのでは手を出しにくい。それがいまやホセ・モリタは野心家の本性をあらわした。もうだれにも遠慮なく、彼を痛めつけてやることができる。先方が何をたくらんでも返り討ちにしてやるだけのこと。まったく好つごうではないか。そういうことですね、薬師寺警視？」

涼子はオウヨウにうなずく。

「ま、だいたいそんなところね。お由紀相手にはそれくらいで充分よ」

室町由紀子は涼子の顔を観察するようにながめ、小さくせきばらいした。

「泉田警部補の説明は、よくわかりました。でもそうなると、一歩すすめて、べつの考えかたもできるわね」

「どうすすめるっていうのさ」

「つまり、最初からホセ・モリタを暴走させ、彼が本性をあらわすよう、あなたが策略を用いて追いつめたのではないか、ということよ」

涼子は右手をあげてマドロス帽をかぶりなおした。何ら必然性のない動作なので、由紀子ならずとも、表情を隠すための行為と思うところである。

「根拠もないのにやたらと人を疑うって、不幸なことねえ」

「あなたにだけはいわれたくないわ！」

と、由紀子は憤慨《ふんがい》する。眼鏡ごしに涼子を見すえる黒い瞳は、美しいが鋭くて、心にやましさのある者はひるむだろう。涼子がいっこうにひるまないのは、本人が全然やましくないからである。

「だいたい、あなた、警察官としてやっていいことと悪いことの区別もつかないの⁉」

「だったらあたしも尋《き》くけど、そもそもあんたは何のために警察官僚になったのよ。父親のあとをついで警視庁を支配して、暴力と恐怖で東京を制圧してさ、この世を生き地獄に変えてやろうと思ったからでしょ？」

「ちがいますッ！」

「ほうら、ムキになるのがあやしい」

涼子はせせら笑う。話を本筋からそらすための悪質な技巧なのだが、いったんペースに巻きこまれると、冷静さをとりもどすのはむずかしい。これまで何人の兇悪な犯罪者が涼子の罠《わな》に落ちて、みすみす自滅したことか。犯罪者なら放っておくが、室町由紀子はこちらの味方だ。

「おふたりとも落ち着いてください。あなたがたが共倒れになってどうするんです。ホセ・モリタを喜ばせるだけですよ」

とりあえずなだめておいて、阿部巡査に問う。

「ところで岸本警部補は？」

「レオタードのお姉さんたちを、控室《がくや》で説得しておられるはずですが」

「ああ、そうだったな」

「呼んで来ましょうか」

「いや、そのままにしておいてくれ」


岸本は幸福で充実した時間を送っているのだろうから、ジャマするのもかわいそうである。これからアクション場面ということになったら、足手まといになるのも確実だ。

「フン、いい気なもんね」

涼子が舌打ちして歩き出した。無視された形の由紀子も憤然としてそれにつづく。どうやら全面戦争にならずにすんだようだ。

角をひとつ曲がると、赤い廊下が前方に展《ひろ》がった。

Ⅱ

ここは船の後尾部分だっただろうか。

一瞬の錯覚は、だが、すぐに醒《さ》めた。カーペットの色が赤いのは、血で染まっているからだ。

「いったい何があったというの」

室町由紀子の声が、かろうじて抑制を保《たも》っている。私は無言で頭を振った。涼子が腕を組んで毒づいた。

「あたしの船で、やりたい放題《ほうだい》やってくれるじゃないの」

あたしの船、というあたりが涼子らしいが、おそいかかってきた血の匂いに、さすがに柳眉《りゅうび》をひそめている。呼吸をととのえたいところだが、この血臭《けつしゅう》ではうかつに深呼吸もできない。

荒々しい人声と靴音が前方に乱れたった。

「な、何じゃあ、これは！」

制服ではあるまいに、黒いスーツとサングラスで統一した下品な男たちがわめく。「何じゃあ」といわれても答えようがない。と、後方からもおなじような声と音がした。

こちらは七、八人の外国人のグループだった。髪の色やら目の色やら鼻の形やらがさまざまで、しゃべる言葉は明らかにラテン系である。

ホセ・モリタをつけねらうラ・パルマの麻薬組織というわけだった。こうなると、ロシアンマフィアあたりが「私どももお忘れなく」なんていいながら出現しても、おどろくには値《あたい》しない。おどろくのは、外国人グループが手にしているものだ。拳銃どころか自動小銃《オートライフル》をかまえているではないか。

私たちはあわてて身を隠そうとしたが、広くもない廊下の両側をアウトローたちに狭撃《きょうげき》されてしまっている。進退きわまったとき、私は外国人グループの背後にあるものを見た。

どちらかといえば、私は親切な人間ではないかと思う。だが、いまはとうてい親切さを発揮する気分ではなかった。使いすてカミソリの刃より薄っぺらで危険な笑いを浮かべたラテン男の背後に、銀色の物体がそそりたつのが見えた。

不定形の物体。アメーバとかゼリーとかスライムとか、そういったものだ。それがラテン男の背後から頭上へと伸び、ひときわまばゆく銀色の巨大な鎌《かま》と化して……

勝利の薄笑いを浮かべたまま、ラテン男の首は宙に浮きあがった。首をうしなった胴体は、オートライフルをかまえたまま二秒ほどの間、その場に立ちつくしていた。切断された首が床に落ちてころがる。それと同時に、銀色のアメーバが背後から胴体をつつみこんでいった。

シュールとしかいいようのない光景。切断された首から血が噴出しないことも、一段と非現実性を高めた。あまりに迅速《じんそく》に切断されたので、血管が瞬間的に収縮したのだろう。だが、ころがった首は鼻血を噴き出しており、血圧が急変して毛細《もうさい》血管が破裂したことをしめしている。

ラテン男の仲間たちはようやく反応した。

「……!」

スペイン語の絶叫だ。辞書的な知識がなくとも、「助けてくれ」といっていることはわかる。わかったところで、どうしようもない。

廊下の反対側にいた黒いスーツの男たちは、「何じゃ、ありゃあ」

とわめきながら身をひるがえして逃げ出していた。ボキャブラリーは貧弱だが、案外りこうなやつらだ。

ふたりめのラテン男が怪物にからみつかれた。声もあげることもできず、咽喉《のど》をしめあげられていく。

頸《くび》がちぎれる寸前までの絞首。信心深いキリスト教徒ピサロが、「正しい神を信じなかった罪」で最後のインカ皇帝を惨殺したときのやりくちだ。

銃声が乱反射した。怪物の銀色の身体にオートライフルの銃弾がめりこむ。

「こっちよ!」

涼子が黒いスーツの男たちを追うように走り出す。悲惨で無益な戦いを放置して、私たち五人は疾《しっ》走《そう》した。背後で銃声と悲鳴が交錯し、ひときわ大きな叫び声が断《た》ち切られると、沈黙が私たちに追いすがってきた。

広い空間に飛び出した。船体の中央部に位置する吹きぬけのロビーだ。一〇〇メートルは走ったらしい。回廊部分を半周してふと見ると、空中に太いロープが張り渡されている。今朝、岸本の話に出ていた一輪車乗りのためのロープらしい。吹きぬけの空間ごしに「対岸」を見ると、岸本の姿があった。

ごく短い時間で、よほど仲良くなったのか、思いきり挑発的な衣裳《いしょう》の「金髪のお姉さん」たちと楽しげに談笑している。右手で一輪車の車体をささえていた。「ダンサーたちは恐怖にオノノいている」とクルージング・ディレクターの町田氏は語っていたが、どうやら岸本は彼女たちを安堵《あんど》させ、空中ショーに出演させることに成功したようだ。町田氏がさぞ感謝するだろうが、いまはそれどころではない。

「気をつけろ、岸本警部補！」

どうやら私の声がとどいたらしく、岸本はめんくらったように視線を動かした。銀色の怪物によううやく気づく。

「キャーッ」と、これは万国共通の悲鳴を発して、金髪のお姉さんたちは逃げ散った。さすがプロのダンサーだけあって、身ごなしがあざやかだ。ひとり取りのこされて、岸本は茫然と立ちつくすはめになった。

「さっさと逃げろ！」

「に、逃げろといわれたってもても……」

岸本は言語中枢までパニックの波に洗われている。一輪車をかかえたまま右へ二歩、左へ三歩とよろけているうちに、銀色の不定形生物は波うちながらすぐ近くへとせまっていた。

ぽん、と音がしたわけではないが、岸本の理性の栓《せん》が弾《はじ》け飛んだ。彼は何と一輪車をロープの上に乗せて、サドルにまたがったのである。

「あわあわあわあわわあわわわわわ」

岸本は渡りはじめた。そう、吹きぬけになったロビーの上空に張り渡されたロープの上を一輪車に乗って、サーカスの芸人のように。

ロビーの床までは五層吹きぬけ、二〇メートル近くあるだろう。その空中を、若きエリート警察官僚は一輪車で渡っていくのだった。

「いそげ、岸本!」

「がんばってください、岸本警部補!」

「もうすこしですよう」

無責任なようだが、声援する以外、私たちには何もできない。

「いまさら引き返せないぞ。そのまま渡ってしまえ!」

吹きぬけの空間は長方形をしている。幅は二〇メートルくらいだが、前後の長さが五〇メートルほどあって、ちょうどその中央あたりの空中で岸本の一輪車は停止してしまっていた。

Ⅲ

岸本は前を向き後ろを向いて、絶望のウメキをあげた。

「ひえー、ひえー、ひえー」

「さっさと渡ってしまえったら!」

「そ、そんな、無理ですよう。だいたいボクはこんなツナワタリができるほど一輪車がうまくはないんです」

正しい認識だろうが、そんなことにいま気づいてどうする。

「無理でも渡れ!」

「そんな精神論が通じるシチュエーションじゃありませんよう。確率的にも理論的にも、そんな行為は不可能です」

さすがキャリア官僚だけあって、自分ができないことをくどくど弁明するのがお得意のようだ。

涼子が一歩踏み出し、回廊の手摺《てすり》ごしに朗々《ろうろう》と呼びかけた。

「岸本、あんたは絶体絶命《ぜったいぜつめい》なのよ。このままだとゼッタイ助からない。怪物に食われるか、下に墜《お》ちて頸《くび》の骨を折るか、どちらにしても悲惨な最期《さいご》をとげることになるわね」

「ふえーん、どっちもイヤです」

「泣くなッ」

女王サマは一喝《いっかつ》する。鋭気《えいき》に満ちた視線は、まさに、か弱い岸本をつらぬくかのよう。

「どっちもイヤなら、しかたない、格別《かくべつ》の慈悲《じひ》をもって、ひと思いに楽にしてあげるわ」

涼子の手にセラミックの拳銃がにぎられていた。あの服装でどこに隠し持っていたのだろう。フシギに思ったが、詮索《せんさく》している余裕もない。あわてて私は横から拳銃の銃身をおさえた。

「いけません。ムチャしないでください」

「大丈夫よ、法的責任を問われるようなヘマはしないから」

「いや、そうじゃなくて……」

涼子が声を張りあげる。

「岸本、じっとしてるのよ。そしたら一発で二階級特進させてあげるから。なまじ動いたら、撃たれたあげく死ねずに墜っこちて、二重の苦痛を味わうことになるからね！」

「ふえーん、どれもいやです」

「ワガママいうなッ」

岸本の泣き声もうっとうしいが、それをワガママだと決めつける涼子も相当のものだ。

それまで沈黙していた室町由紀子が、手摺から上半身を乗り出して、手数のかかる部下に呼びかけた。

「岸本警部補、渡りなさい。お涼はほんとうに撃つわよ。渡る以外、あなたが助かる途《みち》はないわ」

「ふえーん、室町警視まで……」

岸本の泣言《なきごと》が終わらないうちに、涼子が私の手をはらいのけ、銃口を持ちあげた。

つぎの瞬間。

いくつかのことがほとんど同時に生《しょう》じた。

銀色の怪物が身体をロープにからみつかせたま

ま、一部をするすると伸ばして岸本におそいかかった。涼子がセラミック製の拳銃を撃ち放す。銃弾はロープに命中して引きちぎった。それこそ蛇のようにロープが一輪車ごと宙に躍る。

「ひえええええ……！」

岸本は短い手足を振りまわし、宙に舞う一輪車ごと二〇メートル下の床へまっさかさま……

「あのときは目をつぶっちゃいましたあ」

と、後になって貝塚さとみ巡査は語ったものだが、思わず私も「冥福《めいふく》」の二字が脳裏にひらめいたのだ。だが。

一輪車は宙に揺れたまま落下しない。その一輪車にしがみついて、岸本も宙に揺れている。といっても位置はかなり低くなって、床から五メートルぐらいの高さだ。

とっさに状況を把握しそこねて、私は視界に映《うつ》るものを確認しなくてはならなかった。

切断されたはずのロープを、銀色のものがゴムみたいに伸びてつないでいる。「生きた水銀《ラ・ペノラロスタ》」だった。銀色の怪物は身体の一部で一輪車をからめとり、同時に涼子が銃弾でロープを切断したので、みずからの落下をふせぐため、ロープの両端にからみつかねばならなかったようだ。

涼子は最初からロープを狙って撃ったのだろうか。だとしたら神技だ。二〇メートル以上離れて拳銃の弾でロープを切断するとは。

「ようし、計算どおり！」

功名《こうみょう》を誇る涼子の高笑いがひびく。ほんとうにそうか？　マグレじゃなかろうな。

「岸本、その高さだったら飛びおりることができるでしょ。目をつぶって一輪車から手をお離し」

「ひえー、ひえー、ひえー」

岸本は一輪車にしがみついたままだ。

「だめです、ボク高所恐怖症なんですぅ……！」

「ええい、手のかかるやつ。ほんとに撃ち殺してやろうかしら」

「思いきって飛び降りろ、岸本、ケガだけですむから！」

岸本は泣き叫ぶ元気もなくなったようで、口を開閉させるだけだ。舌打ちすると、涼子は私の手をはらいのけ、ろくに狙《ねら》いもさだめず拳銃を撃ち放した。

反響する銃声の中、岸本は墜落する。頭から落下したので、いかん、おしまいだ、と思ったのだが、下で歓声があがった。手摺ごしに見えたのは、白いシーツの上に大の字になった岸本の姿だ。

さすがに豪華客船だけあって、船員《クルー》の質がいい。状況を察すると、七、八人の船員が走りまわって各処からクッションを集め、それをロビーの床に並べた。さらにその上にシーツをひろげて一同でその端を持ちあげたのだ。火事などのとき、ビルの窓から飛びおりる人を下で受けとめる救命ネットと同様になった。

岸本の身体はシーツの上に落下し、一度はずんですぐ落ちついたのだ。

ケガひとつない岸本の姿を確認してから、私はすぐ視線をうつした。

「怪物は……!?」

銀色の不定形生物は、激しく宙で身をくねらせている。まんまと獲物に逃げられて怒りや失望を感じているのか、単なる生体反応にすぎないのか。だがそれも長くはなかった。ふたたび蛇のようにロープにからまると、視線が追いつかないほどの迅速さで、涼子や私たちと反対の方向へ奔《はし》った。回廊《と》の向こうで、何人かの船客や船員《クルー》が悲鳴をあげて跳びのくのが見えた。

涼子が拳銃をおろし、いまいましげにつぶやく。

「チェッ、岸本もろともかたづけてやろうと思ったのに」

一同がロビーまで降りていくと、怪物と涼子の双方から生命《いのち》びろいした岸本が、感きわまって涼子に抱きつこうとした。

「ボ、ボク助かったんですね。夢じゃありませんよね」

「人の苦労も知らずに、ねぼけるんじゃやない！」

「あいた、あいたた、夢じゃありません、納得しましたから、もうつねらないで」

たちまち現実のキビしさに直面した岸本を見やって、由紀子と私は同時に溜息をついた。

「怪物は逃げちゃったわね」

「ええ、でも弱点がわかりましたから、やつもこれまでのようにはいきませんよ」

視界に、青い顔をした町田氏の姿が映ったので、私は彼に声をかけた。

「同僚を助けてくれてありがとう。さっきわかったのですが、怪物は海水に弱いんです。船員《クルー》たちにつたえてください」

「あ、さようで」

町田氏は視線を動かした。涼子がうなずいてみせると、自分もくりかえしうなずく。

「わかりました。船長につたえます」

町田氏はあわただしく駆け去った。

IV

「さてと、岸本の葬式も先に延びたようだし、マネージャー、つぎの予定は？」

涼子が私を見る。マネージャーというのは、私にとっては、はじめての肩書《かたがき》だ。

「怪物をやっつけるか、ホセ・モリタをこらしめるか、ですね」

「優先順位は？」

「あなた次第《しだい》です」

「だったらそれ以外のことにするわ。まず葵羅吏子《あおいらりこ》をしめあげるのよ」

これは予測していないことだった。私は涼子の真意をつかみそこね、ごく初歩的な質問をせざるを得なかった。

「あなたは葵羅吏子という女性を低く評価していると思っていましたが」

涼子は指先でマドロス帽のひさしをかるく突きあげた。

「いまだって低く評価してるわよ。どう見たって、あの女、アホだもの。でもアホだからって野心や打算がないとはかぎらないでしょ」

もっともな話だ。男の場合も同様、あるいはそれ以上かもしれない。

「そうよ、日本の企業社会を見なさい。ひとつの会社に、ビジネス本を読みすぎて、自分は織田信長や坂本龍馬の再来だ、と信じこんでる妄想病の患者が一〇〇人はいるから」

それはちょっとちがうと思う。

「とにかく、葵羅吏子をまず攻める。これがあたしの方針」

「まさか葵羅吏子のほうがホセ・モリタをあやつっているとでもいうの？」

近づいてきた室町由紀子が、当惑した表情を見せる。涼子は意味ありげな目つきをした。

「おや、いいところに気づいたじゃないの。そうね、あの女けっこうシタタカよ。ホセ・モリタの意のままになってるとは思えないもの」

私は涼子の表情を観察した。彼女は本気で、ホセ・モリタが葵羅吏子のあやつり人形だと思っているのだろうか。もうすこしかるく、問題提起をしてみたのだろうか。それとも、自分で信じてもいないことを持ち出して、由紀子をからかっているのだろうか。

どうも最後の例のように思えたが、葵羅吏子が何か知っている、あるいは何かをにぎっていることは充分にありえる。ここは「ドラよけお涼」の方針にしたがうとして、私にはひとつ気になることがあった。

「警視、あの銀色の怪物ですが」

「ラ・ペノラロスタ」

「そう、あいつが海水に弱いというのは、どうしてわかったんです？」

「酔っぱらい修道士の伝説よ」

涼子は無知な学生を相手にする教授の口調で、伝説を語りはじめた。

銀色の不定形の怪物が銀山に出没して人間を食っている。その噂が流れると、アンデス山脈の北方、アマゾン河やラ・パルマ河の源流地帯に点在するいくつかの銀山では恐慌《パニック》が発生した。先住民とアフリカ黒人からなる奴隷たちの脱走があいついだ。スペイン人の監督たちは軍隊を動員し、奴隷たちを殺戮《さつりく》したが、彼ら自身も危地《きち》に立たされた。奴隷たちは必死の抵抗で監督やスペイン兵を返り討ちにしたし、何よりも怪物は先住民だろうがアフリカ黒人だろうがスペイン兵だろうがいっさい差別せず、公平に殺して食べてしまうのだ。

一年ほどの間に、ラ・パルマ流域地方における銀の生産量は三分の一になってしまった。当地の総督は青くなった。スペイン本国からは、「銀の生産量をごまかし、着服《ちゃくふく》しているのではないか」という詰問状がとどく。このままでは、よくて解任、悪くすれば処刑までありえる。

こうなると神だのみである。十字架と聖書と聖水を持った宣教師や修道士たちが、総督に依頼されて、つぎつぎと奥地の銀山へ向かった。もちろん総督は彼らに多額の喜捨《きしゃ》やら教会の建設やらを約束したのである。

しかし怪物は俗人《ぞくじん》も聖職者も区別しなかったので、何十人もの聖職者が永遠に行方不明になっただけであった。ついに誰もいかなくなり、とある修道院でもてあまされた酔っぱらいの修道士が送り出された。はりきった酔っぱらい修道士は、旅立ちはしたものの、道中、海ぞいの村で安物の地酒《じざけ》をふるまわれ、ころんで聖水を地面にぶちまけてしまった。

聖水をうしなった酔っぱらい修道士は、こまりはてたあげく、壺《つぼ》に海水をいれ、ラ・パルマの河ぞいに旅をつづけて銀山のひとつに到着した。兵士たちの期待を一身にになって、ヤケクソで怪物に立ち向かい、「サンタ・マリア」と叫んで海水をあびせると、あらフシギ……。

　怪物が消え、銀山に無事がもどったので、修道士は英雄にまつりあげられ、総督からも民衆からも感謝された。

　もちろん修道士は真相について沈黙していたが、老《お》いて死に臨んだとき、ザンゲして、怪物退治の武器が聖水でなく海水であることを告白したのだ。

　というのが、ラ・パルマ人ならだれでも知っている「酔っぱらい修道士の伝説」なのだという。ありがちな話のような気もするが、だれか無名の人物が怪物退治《たいじ》の秘策を発見したのは事実だろう。

　それ以降、怪物がどのようにして二一世紀の日本にあらわれたかは、ホセ・モリタに話を聞くしかなさそうである。

　町田氏がせかせかした足どりでもどってきた。ノルウェー人の船長が、赤ら顔をいっそう赤くして同行している。それを見ると涼子は自分のほうから船長の前へ足を運んだ。

　涼子は船長と何やら話しこんだ。ノルウェー人の船長は二〇〇センチ近い偉丈夫《いじょうふ》だから、平均的日本人男性より身長の高い涼子でもほんの少女に見える。

　何やら涼子が無《む》理《り》難題《なんだい》を吹っかけているようにも見えた。欧米人でしかも船乗りとなれば、幾重《いくえ》にも女性に対して礼儀ただしいのが伝統である。船長はしきりに反論するようすだったが、たくましい肩をすくめると、一礼して涼子のもとから歩み去った。町田氏がそのあとを追っていく。

「何を話してたんです?」

「イロイロと」

　涼子はすまして私の質問に応じる。どうせ何やら悪ダクミをしているにちがいないが、具体的に追及する材料がないので、私は再度の質問はしなかった。

涼子は私の肩ごしに視線を動かし、室町由紀子の姿を見るとためらいもなく歩み寄った。由紀子が何かいうより早く、いきなり呼びかける。

「お由紀、ここはあんたにまかせる！」

涼子は由紀子の手をとらんばかりに寄りそい、双眸《そうぼう》には星がきらめいている。イツワリの星だ。

「船員《クルー》たちを指揮して船内にホースで海水をまくのよ。配水システムを動かすの。造水機を通さずに、海水をそのまま各船室の蛇口にまわすよう、いま船長にたのんだところ。岸本といっしょに、この重要な役目をはたしてくれない？」

「わ、わかったわ」

勢いに押された態《てい》で由紀子は承知した。涼子は微笑し、私についてくるよう合図《あいず》して歩き出した。歩きながら私はささやいた。

「ほんとうは信頼してるんですね」

「何のこと？」

「室町警視を、ですよ。他の人にはまかせられないからこそ、彼女に依頼したんでしょう」

「やめてくれない、悪い冗談は」

「ちがうんですか」

「あたりまえでしょ。ホースで海水を船内にまいてまわるなんて、そんなジミな作業、あたしにふさわしくないわ。そんなものお由紀で充分」

「なるほど」

私はうなずくしかなかった。

「室町警視がジミに努力して畑をたがやす。麦が実《みの》ったらオモムロにあなたが刈《か》りとって自分の倉庫にいれてしまう、というわけですね」

「そんないいかたをするとさ、いかにもあたしが悪《あく》辣《らつ》みたいじゃないの」

悪辣じゃないか。

心の中でそういいながら、選択の余地もなく、私は、涼子についていったんビリヤード室へ足を運んだ。「武器」を調達するために。

第八章　染血の女王《クレオパトラ》

Ⅰ

　Tシャツの上からパーカをはおった涼子と私はビリヤードのキューを手に廊下を進んだ。阿部巡査が素手でついてくる。貝塚巡査は「捜査本部」でお留守番だ。

　葵羅吏子《あおいらりこ》の船室《キャビン》の前方に、妨害者たちが陣を布《し》いていた。七人もいる。手に果物ナイフや革《かわ》ベルトといったお手軽な武器を持っていた。

　涼子は最初から交渉や談判という平和的な手段を排除している。

「いくよ、泉田クン！」

「アイアイサー！」

　船の上だから、この返答が一番ふさわしいだろう。

　涼子は疾風《しっぷう》のように突進した。ミュールをはいてだ。私は一歩、阿部巡査は二歩おくれて彼女につづく。

　涼子のキューが短く鋭く振りぬかれて、先頭に立った男の横面を一撃した。返す一閃、ふたりめの眉間《みけん》をあざやかに突く。私は三人めの胴をはらい、さらに膝《ひざ》に打ちこんで転倒させた。阿部巡査は四人めの襟をつかんで壁にたたきつける。その間、涼子は五人めの脳天にキューをたたきこんで昏倒《こんとう》させた。

　何と優雅で華麗な戦闘だろう。先ほどの葵羅吏子の醜態とは較《くら》べようもない。このワガママなお嬢さんは、まさしく「戦いの女神《アテナ》」の再臨だった。

　のこされたふたりの男は顔を見あわせた。

「お、お前、いかないのか」

「お、おれは尖端恐怖症なんだ」

「おれもだ」

ふたりの男は狭い廊下で器用に方向転換し、湿った靴音をたてながら逃げ出した。

「こら、待て、無事に帰れるとでも思ってるのか⁉」

どなると同時に、涼子はキューを持ちなおし、陸上競技の槍投げの要領で思いきり投《とう》じた。キューはうなりをあげて飛び、逃げる男のひとりの背中に命中した。奇声をあげて六人めの男はもんどりうつ。

七人めの男は仲間を見すて、神さまか悪魔かに救いを求める声をあげて、よたよたと走りつづける。神さまに救いを求めるのはずうずうしい。悪魔に救いを求めても、悪魔は涼子の味方だから、彼を救ってはくれないだろう。つまり、どちらに祈っても無益ということだ。

廊下の角から八人めの男が顔を出した。七人めの男が何かいうと、顔をゆがめて手をあげる。手中にあるのは武器ではなかった。

「あ、白旗を振ってますよ」

「もう降参する気なの、根性なし！　死ぬ気でかかっておいで！」

涼子に何といわれようと、敵は平和主義への転向を決意したようで、ビリヤードのキューに白いバスタオルを結びつけて振りまわしている。

戦意のない相手では、破壊力のカタマリである涼子も興味を持てないらしい。不機嫌そうに立ちどまる。私は呼びかけた。

「白旗はもういい。両手をあげてゆっくり出て来るんだ」

こうして七人めと八人めの男は投降した。八人めの男は日系ラ・パルマ人で、ペドロ・イワモトと名乗った。彼は日本語がしゃべれた。

「おれたちはホセ・モリタにだまされ、利用されたんだ。これ以上、あいつに義理をたてる気はねえよ」

悪党の被害妄想といってしまえばそれまでだが、

ペドロの口調は真剣そのものだった。

涼子が決めつける。

「あんたたち、じつはとっくにホセ・モリタと関係を修復してたんでしょ」

「そ、そうなんだ。おどろいたな、すべてお見通しだったのか」

「だいたいのところはね」

とは、涼子にしては謙遜《けんそん》である。

ペドロは麻薬組織の中堅幹部として、ホセ・モリタとの間で交渉や連絡係をつとめていた。ホセ・モリタが日本へ逃亡してからは、警護やら日本の暴力団との連絡やらでこき使われていたという。もちろん警察からもにらまれ、何かと不安と不満の多い毎日だったらしい。

「ホセ・モリタのやつがどのていど隠し財産を持ってるか、セニョリータは知ってるか」

「たしか七億五〇〇〇万ドルでしょ」

「それは預金だけだ。ほんとうはそんなものじゃない」

ペドロ・イワモトの口調は熱心だ。いったん涼子に降参した悪党は、おどろくほどスナオに彼女に協力するようになる。人徳、といういいかたをするのは、私には抵抗がある。

「世界最大の銀鉱脈の地図と採掘権の証書を、やつは持ってるんだ。価値からいうと四〇〇億ドルになる」

「信じられないわね。ラ・パルマの銀は一七世紀までに掘りつくされたはずで、それ以後はありふれた農業国になったんじゃなかったかしら」

「セニョリータは信じないだろうけど、信じるやつがいるのさ」

「……つまりホセ・モリタの詐欺の種というわけね。ま、いずれゆっくり聞かせてもらうから、今日のところはおとなしくしてなさい」

ペドロ・イワモトは承知し、尊敬のマナザシを涼子に向けた。

「あんたはまさに『黄金の女神《マンイ・デイ・オウロ》』だ」

ペドロがいうには、「黄金の女神《マンイ・デイ・オウロ》」とは中南米における鉱山の支配者なのだそうだ。この世のものならぬ美しさと魔力を持ち、黄金、銀、ダイヤモンド、エメラルドなどの鉱脈を無限に所有し、自在に地層を動かして地震や落盤《らくばん》をおこす。地下水をあやつって洪水をおこすこともできる。「ムキ」と呼ばれる地下の妖精たちが女神につかえているという。

なるほど、涼子らしくもあるが、すると私は地下の妖精か。あまりうれしくないな。

ペドロ・イワモトは仮釈放の態《てい》で自室に引きとったが、その前に、葵羅吏子の居場所を教えてくれた。何人かのボディガードに守られて、アウトドアプールにいるという。海水のプール。その意味はもはや明らかだった。

涼子は私と阿部巡査をしたがえて、アウトドアプールに向かった。ホセ・モリタが日本でさまざまに非合法な活動をしていたことは、ペドロ・イワモトの話によってもあきらかだった。

ただ、そこに銀色の怪物を登場させる理由は何なのだろう。私の経験は貧しいものだが、それでも「生きた水銀《ラ・ペノラロスタ》」がテロリズムに最適な生物兵器である、ということは納得できる。アメとムチの使いわけがホセ・モリタの得意技で、暗殺の恐怖がムチの極致《きょくち》ということだろうか。

「ま、それも怪物の正体がわからなければ、の話でね。わかった以上、日本には、伝統的な対処法があるけど」

「どうするんです？」

「旧《ふる》い迷信よ。厄《やく》よけに塩を盛っておけばいいの。怪物は近づかないわ」

「ははあ」

私は苦笑せざるをえなかった。

最上層の回廊部分に出た。散水《さんすい》用らしい水道栓があり、日光浴用のデッキチェアがならんでいるが、夜のことでだれもいない。一層下がプールだ。照明にてらし出されたプールサイドに、葵羅吏子の姿がある。泳ぐつもりはないらしく、ミラノ・ブランドのスーツ姿だ。デッキチェアにすわり、周囲の男たちを叱《しか》りとばしながらグラスを手にしている。

涼子は鼻先で笑い、私の耳をつかんで口を寄せた。すぐ作戦が成立する。

「ちょっと、話があるんだけど」

涼子の声に視線をあげた羅吏子の顔がひきつる。男たちがどなり声をあげ、ただひとり八木という男をのぞいて、回廊への階段を駆けあがってきた。

涼子が手にしたホースからすさまじい勢いで海水がほとばしり、男たちをなぎはらった。階段はカスケードと化して、ちょっとした滝のように水を落下させる。

「あたしに感謝しなさいよ。これであんたたちは怪物に食われずにすむんだからね」

恩を着せながら、涼子はなお放水をつづける。ずぶぬれになった男のひとりが何やらわめきながら突進してきたが、高圧の水流に顔面を直撃されて階段の下へ吹っ飛んだ。

私は水道の栓をしめた。五人の男がずぶぬれのまま息タエダエのようすでプールサイドにころがっている。なおもがく者を、涼子が踏んづけてまわりながら葵羅吏子に声をかけた。

「あんたの頭じゃ考えつかないことよね。海水の近くにいるよう、あんたの愛人にいわれたの？」

葵羅吏子は敵意に満ちた目を私たちに向けた。もちろん主として涼子に対してである。私はあくまでもオマケにすぎない。

「ラリコさまに何の用だ」

八木というボディガードが立ちはだかった。あらためて見ると、頸《くび》も肩も腕も雄牛《おうし》のようにたくましい。レスリングでもやっていたのかもしれなかった。

Ⅱ

「悪いが時間がないんだ、どいてくれ」

「どかせてみろ、税金ドロボウが」

　薄笑いとともに八木は一歩、踏み出してきた。

「どうせ公費で出張中なんだろうが、あんな美人の上司と何をやってるんだ。仕事なんかやっちゃいないだろう。血税《けつぜい》で客船なんぞに乗りこんで、毎日お楽しみとは、いいご身分だな」

「そりゃ誤解もいいところだ」

　なるべくおだやかに私は答えたが、八木という男には真実を見ぬく能力がなかった。

「何が誤解だ。てめえらのようなクズ役人のやることとは昔から決まってる」

　奇妙にゆがんだ八木の表情を見て、私はふと思いついたことがあった。八木は彼の「上司」である葵羅吏子に対して恋心をおぼえていたのではないか。純愛だかヨコシマな欲望だかは知らないが、彼女に手を出せず悶々《もんもん》としていたのだろう。欲求不満の色《いろ》眼鏡《めがね》で涼子と私を見れば、誤解、いや曲解《きょっかい》するのも無理はない。

　痛烈な台詞《せりふ》をあびせたのは涼子だった。

「あー、いやだいやだ、もてない男って。他人をネタむ才能だけはあるんだから。安物のポルノを読んで妄想だけふくらませてさ。この世の終わりまで救われないわね」

　八木の顔全体が「兇暴」と「険悪」の二種類に色分けされた。

「このアマ、（教育的配慮により出版社で自主規制）してやるぞ！」

　咆哮《ほうこう》しながら大股に踏み出す。涼子のほうに近づいたので、私は型どおりに声をかけた。

「おい、お前の相手はこっちだ、来い」

　八木は咆《ほ》えた。

「おとなしく待ってろ、このアマを（省略）したあとで……」

顔を涼子に向けなおす。とたんに涼子がパーカのポケットからトウガラシ・スプレーをとり出し、八木の顔に噴きつけた。赤い霧が両眼と両鼻孔にまともに侵入する。

八木は天をあおいで絶叫し、顔をおさえた。私は一ミリグラムの容赦もなく、その脚をはらい、胸を突きとばした。事実にもとづいて涼子を批判する者ならともかく、ゆえなく侮辱するようなやつにナサケは無用だ。

八木はもんどりうった。

二秒ばかりの間、空中で、目に見えない重力という敵と格闘していたが、力つきた。手足をばたつかせ、罵声《ばせい》をあげながらプールの水面へと落下していく。

はでな水飛沫があがった。

「多少は水をのむだろうけど、溺死するほど深くもなし。放っておいてよろしい」

スプレーを阿部巡査に放って、涼子は歩き出す。立ちすくんだままの葵羅吏子に向かってだ。だが三歩で立ちどまった。

「マリちゃん、この女をおさえなさい」

命令を受けた阿部巡査が、「はっ」と応《こた》えて葵羅吏子に歩み寄る。「すみません」といいながら、彼女の身体をおさえた。

葵羅吏子の形相は、全国で三〇〇万人といわれる彼女の熱烈なファンを落胆《らくたん》させるものだった。私はもともとたいしてファンではなかったが、それでも具体的に描写するには忍びない。

彼女はたけだけしく暴れまわった。わめき、もがき、ひっかき、蹴りつけ、唾《つば》まで吐きかけた。見ていて私は、阿部巡査のシンボウ強さに感心した。ひたすら相手の暴力と罵言《ばげん》に耐えながら、けっして手をゆるめることがなかったのだ。

エネルギーを費《つか》いはたした葵羅吏子が、ついに阿部巡査の巨腕《きょわん》のなかにへたりこんだ。頼りになる大男に、私は声をかけた。

「お前さん、ほんとに紳士だよ」

「はっ、恐縮であります。女性には紳士的であれ、と祖母から教えられれまして」

「えらいお祖母《ばあ》さんだな」

「奉職《ほうしょく》して最初のボーナスで伊香保《いかほ》温泉につれていったら、もう思い残すことはない、といってくれました。いまでも元気で生きてますが」

「そういうホノボノした美談はあとにして、泉田クン、その女のハンドバッグをとりあげなさい」

「わかりました、ボス」

「だれがボスよ」

つい口にしてしまっただけで他意《たい》はない。私は葵羅吏子の手からそっとハンドバッグをはずし、ボス、ではない、上司に差し出した。

涼子はオモムロに受けとり、ハンドバッグを開く。化粧道具やカード類には目もくれず、何やらブランドマークのついた黄金色の表紙のメモ帳を引っぱり出した。皮肉たっぷりの視線を、ハンドバッグの持ち主に向ける。

「で、ホセ・モリタのやつは、どういう甘言《かんげん》であんたをロウラクしたの？」

投げやりに葵羅吏子は答えた。

「わたしを日本の大統領夫人にしてやるって」

「日本に大統領はいないわよ」

「自分が最初の大統領になるっていってるわ」

「……へえ、そう」

涼子はかるく苦笑し、私にメモ帳を放ってよこした。私はそれを受けとめ、ページをめくった。

「東京都知事や経済産業大臣もふくめて、政治家の名前が一〇〇ほどあります。あと財界人に文化人、宗教家、マスコミ関係者……名前のあとについた数字が金額だとすると、一〇〇〇万単位ということになりますね」

「ラ・パルマの大統領だったころ、モリタはツガを通して要人に賄賂《わいろ》をばらまいていたのよ。そしてそれをすべて写真やテープに記録していたの。だから だれもモリタにさからえなかった。地球の裏側での ヤリクチを、モリタは日本にも持ちこんでたってわけ」

「成功寸前でしたね」

私は溜息をついた。涼子が羅吏子を見すえる。

「このメモの保管をまかされてたってことは、あんたも贈賄《ぞうわい》の共犯ってわけかしらね」

「冗談じゃない。あんなスケベ中高年《おやじ》、どうなっても知るもんですか。死ぬなり、刑務所にいくなり、かってにすればいいわ」

「あらあら、あんたはホセ・モリタと相思相愛じゃなかったの」

涼子は皮肉ったが、葵羅吏子の表情が変わらないのを見てつけくわえた。

「あ、ソーシソーアイって意味わかる?」

「それくらいわかるわよッ!」

葵羅吏子は絶叫する。だが一瞬の激情はすぐ底をついて、ふたたび脱力《だつりょく》した。

「ま、かたいキズナで結ばれていたわけでもなさそうだから、この期《ご》におよんでアホな独裁者の味方をする必要もないか。あんた個人には興味はないから、このメモだけでカンベンしてあげる。あたしの寛大さに感謝おし」

捜査令状もなしに他人のハンドバッグを強奪してメモをとりあげながら、相手に感謝を強要する涼子であった。葵羅吏子に弁護士がつきそっていなかったのが、こちらのサイワイである。

「すると、ホセ・モリタは莫大な援助金の不正に関して、明々白々な証拠物件をにぎっているわけですね」

「そう、だからこそ日本の薄汚ない権力者どもを脅迫できてるわけよ。自分が妙な死にかたをしたら、すぐさまメモは公開される。みんな道づれだぞってね、うっふっふ……」

涼子はホクソ笑《え》む。ホセ・モリタの生死にかかわらず、彼女にとっては今後おもしろい展開になるわけだ。

「ずいぶんご機嫌ですね」

「あたしはいつも快活よ」

ホガラカに女王陛下はのたもうた。

Ⅲ

私たちはプールサイドから廊下へ出た。いたるところ海水がまかれて、わずかに潮の匂いがする。

「それにしても、これだけ水びたしになったら、この船はしばらく使えませんね。それも淡水じゃなくて海水ですから」

「大丈夫よ、ちゃんと保険にはいってるから、船会社は損しないの」

船会社はそうだろう。損失をこうむるのは保険会社だ。

「ちょっとお尋ねしますが、あなたは保険会社には投資してませんよね」

「そうよ、わかる？」

「わかりますとも」

みすみす損とわかる投資をするようでは、オカネモチにはなれないだろう。

涼子は阿部巡査に命じた。

「ご苦労だけど、その女を『捜査本部』につれてって、そこで監視して。どうせ何もできやしないけど、騒がれるとジャマだから」

阿部巡査は礼儀ただしく命令を受けると、フヌケになった葵羅吏子をかかえるように去っていった。

ふたりきりになって、私は涼子をかえりみた。

「ホセ・モリタのやつ、何だかあなたとヤリクチが似てますね」

「やめてよ。あんなやつといっしょにしないで」

「ちがうんですか」

「そうよ。スケールが全然ちがうでしょ。権力はあいつにとっては目標、あたしにとっては単なる道具」

権力を道具にして、この邪悪な美女は何をしでかす気なのだろう。考えるだにおそろしい。とりあえず思考停止が精神衛生にはよさそうだ。

「さて、お由紀がサボってないかどうか、確認してみるか」

涼子の手にペンライトのようなものがある。

「何ですか、それは」

「盗聴器」

「何でそんなものを⁉」

「お由紀が妙なことをするといけないから、あいつの襟にさっきこっそりくっつけておいたの。用意周《しゅう》到《とう》だと思ったらほめていいのよ」

「ほめません。そういうのは用意周到といいませんよ」

「じゃ何ていうのよ」

涼子の手にした盗聴器から声が流れ出た。それは室町由紀子の声ではなかった。

「セニョリータ・ムロマーチ、越権行為もいいところだね」

ホセ・モリタの声だ。毒針が鼓膜《こまく》をつつくような不快なひびき。

「君の任務は私を無事に香港にまで送りとどけることだろう。ま、それは表向きだけのこと、じつは胆《きも》の小さい日本の治安当局が、私がトラブルを起こさないよう監視しているのだ、ということは承知しているさ」

くぐもった嘲笑。

「だが、それにしても出すぎている。見たところずいぶんよけいなマネをしてるようだ」

「お言葉ですが、セニョール・モリタ、船客の安全が謎の生物によって脅《おび》やかされている以上、警察官として看過《かんか》できません。乗組士官《オフィサー》たちと協力して全員の安全を確保するのは私たちの義務です」

「ふむ、感心なことだが、私の利益を守るという任務のほうはどうなっているのかね」

「連続惨殺事件の加害者を追いつめることが、どうしてセニョール・モリタの不利益になるのでしょうか」

由紀子の舌鋒《ぜっぽう》は鋭く、ホセ・モリタは沈黙をもって応《こた》えた。語るに落ちる、とはこのことだ。不慮《ふりょ》の失言に苦虫《にがむし》を一ダースまとめて噛《か》みつぶすホセ・モリタの顔が見えるようだった。

「いまのお言葉、セニョール・モリタが加害者と利益を共有している、いいかえると共犯だということを証明するものだ、と受けとりますが、よろしいですね」

まずい、と私は思った。由紀子に追いつめられたホセ・モリタが、おとなしく自分の罪を認めるはずがない。最悪の形で反撃に出るだろう。

涼子の顔を見ると、女神の美貌を持つ魔女は、おもしろそうに会話を聴《き》いている。ただちに同期生を救うため駆けつける気などなさそうだった。

さらに由紀子の声がつたわってくる。

「お涼、いえ、薬師寺警視がわたしの話をすべて聴いています。この盗聴器をごらんください。あなたの声もすべて彼女や泉田警部補にとどいてますよ」

私はふたたび涼子の顔を見た。

「ばれてましたよ、ちゃんと」

「お由紀のやつ、盗聴器をしかけられたと知りながら、わざと黙ってたのね。何て陰険《いんけん》なやつだろ」

「しかけるほうが陰険ですよ」

「見解の相違ね」

「そんなことより、室町警視を助けにいかないとまずいですよ。ホセ・モリタのやつ、逆上して室町警視に危害を加えるかもしれません」

涼子は形のいい鼻の先で笑った。

「だとしたら、ホセ・モリタのやつ、生涯にひとつは善行をほどこすことになるじゃないの」

「またそういうニクマレ口を。いいですか、室町警視の身に何かあったら、今回の件であなたが荒らしまわった現場のあとしまつをしてくれる人がいなくなるんですよ」

「それはこまるな」

「そうでしょう。それに、助けてあげたら、今後、何かと恩を着せることができます。世界を征服する気なら、それくらいの長期的な展望を持ってください」

涼子は腕を組んだが、しぶしぶといったようすでうなずいた。

「どうも見えすいた論法だけど、ま、乗ってあげる。助けてやらないと、お由紀のやつバケて出かねないから、しょうがない」

涼子と私はオープンデッキに出て、ホセ・モリタのエグゼクティブ・スイートへ向かった。「ココナツ・ボウリング大会」の垂れ幕がむなしく海風を受けているあたりはデッキの幅も広く、デッキチェアも並んでいる。香港の有名な歌手《シンガー》の歌も流れているが、人影がまったくない。

と、どこかのドアが開いて、クルージング・ディレクターの町田氏が駆けつけてきた。どうにも神出《しんしゅつ》鬼没《きぼつ》の人だが、顔がひきつっている。

「たいへんです、船橋《ブリッジ》に武装した一団がはいってきました」

「ホセ・モリタの野郎ね」

「はい、さようで。船長や当直士官が脅《おど》されています」

「わかった、あなたは『捜査本部』で待機して」

涼子は会心の笑《え》みを浮かべる。つまり、かなり邪《じゃ》悪《あく》な笑みである。

「おどろいてませんね、警視」

「ホセ・モリタのやつ、自分で墓穴《ぼけつ》を掘って、お経《きょう》まであげはじめたわ。これでやつをぶっ殺す大義名分ができる」

「全面的に賛成はできませんが、彼をこのままにしておいたら、私たちが人死《ひとじに》の責任をとらされそうですね」

根本的にはだれが一番悪いのか、という疑問があるが、ホセ・モリタとの対決はもはや避けられない。だが、その前に室町由紀子を救出せねばならなかった。

ホセ・モリタの船室《キャビン》の外に着いた。広いデッキに面してフランス窓があるが、カーテンが視界をさえぎっている。窓の上方、アーチ形の部分だけがカーテンがかかっておらず、黄白色の光がデッキに落ちかかっていた。

「あそこからなら室内がのぞけますね」

私は周囲を見まわしたが、踏み台になるようなものは見あたらない。すると涼子が当然のように床を指さした。

「ほら、そこにしゃがむ！」

選択の余地がない気分で、私はその場にしゃがみこんだ。女王陛下は私の背後にまわった。私の左の肩を、ホットパンツから伸びる長い左脚がまたぐ。ついで右の肩を右脚が。

「ほら、立って！」

こうして私は涼子を肩車《かたぐるま》して立ちあがった。引きしまって弾力に富んだ腿《もも》が私の顔の左右をはさむ。私は両手で涼子の臑《すね》をつかんだ。涼子のほうは左手をかるく私の頭に乗せ、右手はあけている。

じつのところ、他人を肩車した経験は何度もある。張り込みのとき、屋内の殺人現場を窓の外から覗《のぞ》くとき、逃走する犯人を追って屋根に上るとき……。私は背だけはやたらと高いので、肩車されるがわにまわったことはめったにない。ほとんど全部、他人を肩の上に乗せるがわだった。

だから肩車すること自体は慣れているが、ホットパンツ姿の若い美女を乗せたのは初めてだ。どうせ乗せるならこのほうがいい、と、普通の男なら思うだろう。乗っているのが普通の美女なら。

「どうです、見えますか」

「見える見える。えーと、ホセ・モリタはいないな。船橋《ブリッジ》にいってるみたいね」

「室町警視は？」

「お由紀は、あら、縛られてもいないし、ぬがされてもいない。見張られているだけ。残念ね、泉田クン」

「何でそうなるんですか。見張りは何人いるんです？」

「ここから見えるのはふたり……それだけか。スイートだからドアの向こうにもひとりぐらいはいるかもね。戦術なんてべつに必要ないでしょ。ちょいとおびき出してたたきのめせばいいわ」

「そんなヤリクチが通用しますかね」

「いいのよ、いざとなったら、やつらの死体はゼンブ海に放りこむから。海こそわが共犯」

海も迷惑なことだ。

私は涼子を肩に乗せたまま、無人のオープンデッキに立っていた。デッキの外は夜の太平洋だ。黒というより蒼《あお》みをおびた暗い灰色で、海の声か空の音か、低いとどろきが耳だけでなく全身につたわってくる。海風とともに、孤絶《こぜつ》感が厚みをおびて押しよせてきた。

「ところで、ひとつお願いがあります」

「くるしゅうない、申してみよ」

「そろそろ肩から降りてもらえませんか」

「ダメ」

逆に手と脚の双方に力をいれられてしまった。

「いいですか、私はこうやってあなたの両脚をささえてるから……」

「うれしいだろ」

「な、何いってるんですか。両手がふさがって、敵が来ても対応できないといってるんですよ」

「ま、心配しなくてよろしい。敵が来たらすべてあたしがかたづけてあげるから」

「あなたのほうこそ、うれしそうですね」

「だって味方をかたづけたりしたら、泉田クン怒るでしょ」

私は返事をしなかった。もちろん納得したからではなく、論法についていけなかったからである。

涼子は指を二本口にあてると、鋭く指笛を鳴らした。

Ⅳ

フランス窓が押しあけられ、人影が飛び出した。それもふたつ。

「お前ら、そんなところで何をやってる⁉」

もっともな質問である。ただし、こいつらにいわれるスジアイはない。

「見てわからないの?」

涼子がヤユする。黒いスーツに、夜というのにサングラスをかけたままの男たちは、けわしい形相でスーツの内ポケットに手を奔《はし》らせた。

私の肩の上から、涼子はセラミック製の拳銃を撃ち放った。たてつづけに二発。肩に反動がつたわってくる。低くこもった銃声は一瞬で海風に吹きとばされた。

二弾が男たちの右手から拳銃をはね飛ばした。男たちは衝撃のつたわった右手首をおさえ、茫然として涼子を見やる。

「どうだ、おそれいったか」

涼子が私の肩の上でいばる。いばるだけのことはあるが、つぎの行動が必要だった。

「おりて!」

私は涼子の両脚を離した。同時に涼子は長い優美な両脚を高くはねあげ、くるりと後方宙返りして私の後方の床に降り立つ。ミュールをはいたままで、彼女はそのハナレワザをやってのけた。

ただし私はそれを見ていない。前方へ突進した。床に落ちた拳銃を左へ蹴り飛ばし、まさにそれをひろおうとしていた男の顔面に拳をたたきこむ。男がのけぞり、後頭部から床に落ちるより早く、もうひとりがつかみかかってきた。身体を反転させて空をつかませ、頸《くび》すじを肘《ひじ》で一撃する。そいつは顔から床にのめった。

「さすが、あたしの親衛隊長」

宙返りのさい床に落ちたらしいマドロス帽をかぶりなおしながら、涼子がほめてくれた。ついでに脚を伸ばし、もがきつつ起きあがろうとする男たちの股間に、ミュールの蹴りをいれる。泡を吹いて、あわれな男たちは悶絶《もんぜつ》した。

私は二丁の拳銃をひろいあげた。フランス窓のカーテンを押しあけて、ホセ・モリタのスイートに踏みこむ。ソファーで身をかたくしていた室町由紀子が、目をみはって立ちあがった。

「泉田警部補！」

「こっちです、室町警視」

由紀子はフランス窓まで駆けてきた。私は銃を船《キャ》室《ビン》の奥へと向けたまま、ようすをうかがったが、もうホセ・モリタの部下はいないようだった。

「おケガはありませんか」

「ありがとう、脅されてただけよ」

「ほら、感動の再会シーンはあと。いそがしいんだから早くおいで！」

女王さまがキビしく命じる。私は拳銃の一丁を由紀子に手渡した。これで三人とも拳銃で武装することができたわけである。

「ホセ・モリタと決着をつけますか？」

「そうね、足手まといが約一名いるけど、そろそろかたづけようか。でないと、落ちついてディナーもとれやしない」

「足手まといのご心配は無用よ」

由紀子の声もかなり好戦的になっている。彼女も私も涼子を制止しない、ということはホセ・モリタの命運《めいうん》もつきた、というわけだ。

私たちは船橋《ブリッジ》へ向かった。ホセ・モリタの部下があとどれくらいの人数で、どこに配置されているかわからないが、涼子は自信と余裕に満ちていた。

「あと一〇人も残ってやしないし、全員船橋《ブリッジ》にいるはずよ。心配いらないからついておいで」

ミュールの踵《かかと》を鳴らして闊歩《かっぽ》する涼子のあとを、

由紀子と私は、左右に気を配りながらしたがった。ときおり人影は見かけたが、妨害どころか近づいてくる者すらなく、私たちは船員専用《クルーオンリー》の階段を使って船橋《ブリッジ》に近づいた。

ドアの前に椅子を置いて、ツガがすわっている。見張り役をやらされているらしい。

ツガは反政府ゲリラと戦ったことなどない。とらえられ、手足を拘束《こうそく》された相手を、一方的に殺害してきただけだ。こんなやつに負けるはずがないが、油断はしなかった。どんなアンフェアな策《て》を使ってくるか、知れたものではない。慎重に、視界の外を近づく。

あと三メートルというところで私たちの姿に気がつくと、ツガは歯をむき出し、膝の上に載《の》せていた銃をつかんだ。立ちあがる。銃口をこちらに向けようとする。

見張りとしても有能な男ではなかった。大声をあげて味方に報《しら》せるべきだったのだ。だが事態を軽視していたし、功に逸《はや》りもしたのだろう。

銃口が向くより早く、涼子がマドロス帽をひっつかんで手首をひるがえしていた。マドロス帽が宙を飛び、そのひさしが、信じられないほど正確にツガの両目をたたく。ツガは声もたてずにのけぞった。すかさず私はおどりかかって左手でツガの右手首をひねりあげ、そのまま床にねじ伏せた。由紀子が銃を鼻先に突きつける。

左手で目のあたりをおさえるツガの形相は、地獄の番兵そのものだった。

「テロリストどもめ……」

「テロリストはそっちだろう」

私がいい返すと、涼子がカサにかかる。

「そうよ、あたしたちは正義と平和を守る光の戦士なのよ!」

そこまでいうとウソだ。私はツガ自身のネクタイをほどき、持ち主の両手首を腰の後ろで縛った。立ちあがらせ、後頭部に銃口を突きつける。人質をとった場合の行動は、捜査官もテロリストも変わらない。

ツガを盾《たて》にとって船橋《ブリッジ》に近づく。ミュールをはいた足で、涼子がドアを蹴り開いた。ロックされてもいなかったので、そんな必要はなかったのだが、まあ「光の戦士」にとっては気分の問題である。

「銃をおすて！　出来《でき》の悪い義弟の生命がかかってるのよ」

涼子が叫ぶと、半ダースほどいたホセ・モリタの部下たちは銃を手にして色めきたったが、ツガの義兄はひややかに落ちつきはらっていた。

「正しい評価だ。そんな役立たずがどうなろうと、私の知ったことではないな。煮るなり焼くなり炙《あぶ》るなり、かってにするがいい」

ツガはあえいだ。

「に、義兄さん、いったい何を……」

「義兄さんだと。お前にわかるか、そう呼ばれるたびに私がどんなに不愉快だったか」

ホセ・モリタは上下の歯をきしらせた。

「お前の姉と結婚して以来、後悔しない日は一日もなかった。医師として開業するときも、病院を建てるときも、選挙に出馬するときも、資金を出したのはツガ家だった。それをカサに着て、お前の姉は私をナイガシロにし、何かというと暴力をふるったのだ」

ホセ・モリタは何やら遠すぎる目で宙をにらんだ。

「ああ、結婚生活三〇年！　まさに屈辱と苦痛の日々だった。ヒステリーをおこしたお前の姉に、フライパンでなぐられ、プールに突き落とされ、肉切り包丁《ぼうちょう》を持って家中を追いまわされた。革《かわ》ベルトでたたかれ、馬乗りになって身体じゅうつねられた……」

これは知らなかった。ホセ・モリタはずいぶんと奥さんにギャクタイされていたらしい。奥さんの言《い》い分《ぶん》も聞かなければ公平ではないが、奥さんは何年か前に自動車事故で死去したと聞く。死人に口なしというところだろうか。だが宙に向けて恨《うら》み言《ごと》を吐き出すホセ・モリタの表情から、イツワリを感じとることはできなかった。

茫然と義兄を見つめていたツガが、何かに気づいたようにわめいた。

「あっ、すると、姉さんが死んだのは事故じゃなかったんだな……！」

「いまごろ気づいたか、まぬけめ」

ホセ・モリタは毒々しく笑った。

「大統領の一期めには私もガマンしていた。お前の姉を大統領夫人《ファーストレディー》としてたいせつにしてやったんだ。ところがあの身のほど知らずめ、何と私を大統領の座から蹴落《けお》として、自分が大統領になろうとしたんだ！」

これまた私の知らなかった事実だ。ホセ・モリタは自分の地位を奥さんにおびやかされていたのである。

「あの女が大統領になったりしたら、ラ・パルマは国全体が地獄へまっさかさまだ。私の良心はそんな事態に耐えられなかった。私は国家と人民を救うため、事故に見せかけてあの女を排除し、私自身が大統領に再選されたのだ」

「姉さんに世話になりっぱなしだったくせに、よくもそんな……この恩知らずの悪党め！」

ツガが咆哮《ほうこう》すると、負けじとホセ・モリタもののしりかえす。

「だまれ、シスコンのサディスト野郎。能もなければ人望もないお前のせいで、私がどれほど足を引っぱられたことか。手向かいできない相手に暴力をふるい、破壊する必要のないものを破壊する。まったくよく似た姉弟《きょうだい》だな！」

なるほど、だからホセ・モリタは「女性はつつましいヤマトナデシコでなくてはならぬ」などと時代錯誤な台詞《せりふ》を口走っていたのか。過去の傷口をなめながら、見はてぬ夢を追っていたというわけだ。すこしばかりシミジミとする話である。もちろん、それが彼の行為を正当化することにはならないが。

「殺してやるぞ！」

ツガのわめき声は、ホセ・モリタの嘲笑によって報《むく》われた。

「こいつは傑作だな。そのかっこうで、どうやって私を殺す気だ。だがまあ、いずれにせよ、それは私に対する殺意の表明ということになる。私は身を守る正当な権利があるわけだ」

ホセ・モリタは涼子や私に嘲笑を向けた。

「というわけで、セニョリータ、せっかくだがこいつに人質の価値などないぞ。むしろ私の手でかたづけてやりたいくらいだ」

「こ、これだけ多くの証人がいるんだぞ。無法なことはできないはずだ」

「証人？　もうすぐいなくなるさ」

ホセ・モリタは不気味に笑った。その笑いが凍りついたのは、女性の声がひびいたからだ。

「ちょっと、だれか助けてよッ」

ドアが開いて、船橋《ブリッジ》にとびこんできたのは葵羅吏子だった。息を切らし、髪も乱れたままである。

彼女を追って姿をあらわしたのは、ボディガードの八木だった。両眼がぎらつき、しかも焦点があいすぎている。それに、服装がきちんとととのっている。先ほどプールで服を着たまま泳ぐはめになったのではなかったか。

「おどろいたか、あれからシャワーをあびて海水を洗い流し、服も着替えてきたんだ」

八木という男は、外見からの印象と異《こと》なり、ずいぶんミダシナミをたいせつにする人物らしい。しかしアホである。プールの海水にぬれたままなら、銀色の怪物におそわれる心配もないのに。

それにしても、葵羅吏子を監視していたはずの阿部巡査や貝塚巡査はどうなったのだ。

ホセ・モリタの子分のひとりが下品な言葉で八木を押しとどめようとしたが、八木はひと声。

「やかましい、すっこんでろ！」

いきなり服の内ポケットからセラミック製の拳銃を抜き放って発砲した。子分は腹に銃弾を撃ちこまれ、悲鳴を放ってのけぞる。船長や航海士たちは床に向かってダイビングし、頭をかばった。他の子分どもが応射《おうしゃ》し、銃声が反響をかさね、硝煙《しょうえん》がたちこめる。私は涼子と由紀子をうながし、操作卓《コンソール》のひとつの蔭《かげ》に身をひそめた。

純愛男の悲痛な呼びかけが聞こえる。

「ラリコさま、おれはずっとあなたをお慕《した》いしていたんです。こんなやつは棄《す》てて、おれといっしょに人生を歩んでください」

「血迷わないでよ！」

葵羅吏子の声は、氷点下の拒絶に満ちていた。八木はひるまない。

「おれはずっとあなたにつくしてきたじゃないですか。すこしぐらい応《こた》えてくれたって……」

「冗談やめてよ。あんたに何の取柄《とりえ》があるの。あんたなんかといっしょになったたって、世の中のカタスミで平凡な生活を送るしかないじゃないの。身のほど知らずもいいかげんになさいよ！」

八木の声が激変《げきへん》した。傷心《しょうしん》の水位が危険値《きけんち》に達したらしい。

「畜生、よくも男の純情を踏みにじりやがって。こうなったらあの世で結ばれるまでだ。ラリコ、いっしょに死のう！」

「何するの、やめて、キャー、助けてえ！」

ホセ・モリタは毒気を抜かれた態《てい》で沈黙を守っている。おそろしく深刻な状況のはずなのに、純愛男が乱入してきたおかげで、船橋《ブリッジ》は何だか喜劇的な混乱に巻きこまれてきた。

「それどころじゃないだろう……」

私はつぶやいた。ではどれどころだ、と問われると返答にこまるのだが、とりあえず、阿部巡査や貝塚巡査のことが気になる。それに岸本のやつはどこで何をしているのだろう。

第九章「おさがり、下郎《げろう》！」

I

八木とホセ・モリタ一党との撃ちあいで、むだに死傷者が出るなか、涼子、由紀子、私の三人は何とか船橋《ブリッジ》の外へ脱出をはたした。

「あとは放っておいてかまわないわよ。あんな安っぽいメロドラマ、二〇世紀の遺物なんだから、過去の幻影に生きてるやつらの好きにさせとくのね」

「そうはいかないでしょう。何とか無益な争いはやめさせないと」

「だったらお由紀がひとりでやれば？　あたしと泉田クンは失礼するわ。こんな三文オペラにつきあってる暇はないから」

涼子の言葉に、私も賛成だった。というのが、混乱にまぎれて船長や航海士たちも無事に脱出してきたからだ。船橋《ブリッジ》の機器が破損するぐらいは、しかたない。のこされた全員トモダオレになれば、涼子にとって理想的な展開である。

ばかばかしさに気づいたらしく、由紀子もそれ以上の主張はしなかったので、私たちは階段へと進んだ。と、貝塚さとみ巡査が階段の下からとび出してきた。

「あ、皆さん、ご無事でしたかあ」

再会を喜びあいたいところだったが、船橋《ブリッジ》のドアが開いて、葵羅吏子と八木が突風のような勢いで躍り出た。八木は葵羅吏子の背中めがけて拳銃の引金を引いたが、弾丸は出てこない。葵羅吏子は「助けてえ」と叫びながら、立ちすくんだ貝塚さとみの背後にかくれる。

八木が銃を放り出し、素手でつかみかかった瞬間、貝塚さとみはその手首をつかんでひねりつつ身を沈めた。床をとどろかせて八木はたたきつけられた。

技の切れはみごとだったが、残念ながら軽量級なので、巨体に大きなダメージをあたえることはできなかったようだ。八木はうなり声とともに起きあがった。乱れた髪を片手でなでつけながら、ふたたびつかみかかる。貝塚さとみは叫んだ。

「これで起きあがるなんて反則ですぅ！」

正当な抗議だとは思うが、逆上した八木には通じなかった。葵羅吏子は恩人の貝塚さとみを八木に向かって突き飛ばした。

貝塚さとみが不本意にも八木と抱きあいそうになったので、私は飛び出し、彼女の左手首をつかんで思いきり引っぱった。寸前まで貝塚さとみがいた空間を、八木は突貫《とっかん》して、そのまま階段を転落していった。

耳ざわりな転落音がひびいて、不意にやんだ。私は貝塚さとみを涼子たちのほうへ押しやり、階段の下をのぞこうとした。そのとき、トスされたバレーボールのように何か丸いものが階段の下から飛んできた。弧《こ》を描いて葵羅吏子の胸元に落ちてくる。

反射的に彼女はそれを受けとめた。切断された八木の生首を。

生首を抱きかかえた葵羅吏子の両眼が真っ白になった。硬直した両手は生首から離れようとしない。声もたてず、日本有数の美女タレントは、口から泡を吹いて床にひっくりかえった。

愛《いと》しい女《ひと》に抱かれたままだから、八木の霊はむしろ本望だったかもしれないが、いずれにせよ気絶した葵羅吏子を救う余裕などだれにもなかった。銀色の怪物が階段下から這《は》いあがってきたのだ。

「逃げてください！」

どなったのは、階段の下から駆けあがってきた阿部巡査だった。上衣が何ヵ所も切り裂かれ、額や腕から血が流れている。

「上へ！」

当然のように涼子が指示し、彼女を先頭に私たちは階段を駆け上った。船橋《ブリッジ》は第一二デッキにある。その上の第一三デッキには船室《キャビン》はなく、すべて公共のスペースで、アウトドアプールやサウナ、エステサロン、フィットネスクラブ、ビュッフェ、バー、カフェテラスなど。そして最上の第一四デッキが、アウトドアプールを見おろす広い回廊、ビアガーデン、サンデッキ、ヘリポートなどだ。頭上には星空がひろがっている。

私たちがサンデッキで呼吸をととのえていると、足音、銃声、人声が乱れながら追いついてきた。ホセ・モリタが拳銃を振りまわしている。そしてツガが後ろ手に縛られたまま姿を見せて、その瞬間、背後から怪物におそわれた。

ミサイルのような勢いで伸びた銀色の槍が、ツガの胴体を背から胸へと突きとおしたのだ。

のけぞったツガは、口と、胴体にうがたれた穴の縁《ふち》から大量の血を噴き出した。両眼は一秒たらずで光を喪《うしな》ったから、その後はたぶん苦痛を感じずにすんだであろう。

「ひゃあ、ここなら無事だと思ったのに……」

プールサイドのアイスクリーム・バーから子亀《こがめ》のように顔を出して歎《なげ》いたのは岸本だ。左右から金髪美女も顔を出す。ダンサーたちといっしょに、「安全な場所」に身をひそめていたらしい。勇敢とはいえないが賢明な方法で、いちおう民間人もつれているのだから、とがめることもできなかった。だが、「まったくだ」とぼやきながらペドロ・イソモトや兵本まで顔を出したのにはおどろいた。どうやってだか、仲良くなったらしい。まさか三人とも、オタク、あるいはレオコンではないだろうな。

怪物はツガを殺してから、おもむろにその胴体を食べはじめていた。犠牲者の全身を銀色のゼリー状物質でつつみこみ、スイカのタネみたいに血を吐き出しながらのこりを吸いこみ、とりこんでいく。

私は散水栓に駆け寄ろうとした。ホースで海水をまこうと思ったのだ。と、

「あれれ、何の音でしょう」

岸本が夜空を見あげる。三月の夜空はそれほど星々が豊かとはいえないが、大都会の灯火にさえぎられることもなく、銀色の粒が濃藍色《のうらんしょく》のキャンバスにばらまかれている。星々の光をさえぎって、黒い物体が、赤いランプを点滅させながら空中を近づいてくる。

かなり大型の双発《そうはつ》ヘリだ。爆音がだれの耳にもはっきり聞こえるようになった。だがそれにしても、なぜいまこんなところにヘリがやってくるのだろう。

「どうして……」

つぶやく由紀子に答えたのは、意外というべきか、否か、ホセ・モリタだった。

「私の偉業を報道するために来たのさ。九州の東海岸からはるばるな。予定よりすこし遅れたが、まあこちらも予定がすこし狂ったからしかたない」

「つまりあんたがヘリを呼んだわけ?」

涼子が皮肉っぽく問う。ホセ・モリタは、じつに不快な笑いかたをした。

「セニョリータ・ヤクシージは美人な上にセンスがある。もうすこし、いや、かなりオシトヤカにふるまってくれれば理想に近い女性になれるのにな」

ホセ・モリタは笑いながら拳銃を海へ放りなげた。もう弾丸がのこっていないのだろう。

涼子も妙に人の悪い笑いで応じた。

「どうやらTVカメラの前でツジツマをあわせる自信がおありのようね。ま、ご自由になさったら」

「いいんですか、警視」

「いいわよ。TVカメラの前でどう演技するか見せてもらおうじゃないの。政界に進出するためには、一般国民の人気が必要。それでTV局を引きずりこんで、一世一代のニュースショーを放映しようってんでしょ」

「それで自作自演の怪物退治を考えたのね」

由紀子は激しい怒りと蔑《さげす》みをこめてホセ・モリタを見やった。

「つまり、こういうことですね。豪華客船が襲撃され、多くの犠牲者が出た。それを救ったのがホセ・モリタだ、というわけで、英雄願望の強い日本人に、はなばなしくヒーローとしての虚像を植えつける。その上で、選挙に出馬してブームをおこす……」

私の言葉に、涼子はうなずいた。

「しかも犠牲になるのは、ほとんどがホセ・モリタの悪事を知っているやつばかり。とくに義弟のツガは、今回の事件の主犯にしたてられて殺されることに、最初からなってたんでしょうよ」

「じゃあ、おれも犠牲者になるところだったのか」

ペドロ・イワモトがうなった。手に三色ソフトクリームを持ったまま、アイスクリーム・バーから出てきたのだ。

「そういうことよ。だから、あんたたち、銃すら持たされていなかったでしょ」

涼子のいったとおりだ。ペドロ・イワモトたちは果物ナイフのような貧弱な武器で涼子にたちむかい、あえなく無条件降伏に追いこまれたのである。

「畜生、善良な人間を踏みにじってまで権力がほしいのか。こんなやつを選挙で当選させたら、日本もラ・パルマみたいになっちまうぞ」

ペドロ・イワモトは憤慨《ふんがい》した。自分を善人だと規定する以外は、正しい主張である。その間にもヘリは「クレオパトラ八世号」に接近し、船尾のヘリポートへと降下をはじめていた。突然。

「あ、あれはちがう……！」

ホセ・モリタの声が大きく揺れた。

ヘリの機体に夜光塗料で大きく記されているのは、「WMC」の三文字だった。「ワールド・メディア・コープ」。香港、シンガポール、それにオーストラリアのシドニーに本拠を置く国際的なメディア企業グループだ。新聞や出版だけでなく、その衛星放送は「東経九〇度から日付変更線まで」の南北両半球をカバーし、「視聴者二〇億人」を豪語している。英語、北京《ペキン》語、広東《カントン》語、インドネシア語、日本語など一〇〇以上のチャンネルがあり、国際的な影響力は日本の新聞やTVなどとくらべものにならない。

　今度はホセ・モリタがうめく番だった。

「な、なぜWMCのヘリが……なぜだ」

「残念ねえ、国民新聞のヘリでなくて」

　涼子が嘲弄《ちょうろう》する。振り向いたホセ・モリタの顔が、どぎつくゆがんだ。いまやポーズをつくる余裕もない。

「こ、小娘め。さてはきさまが何か仕組んだな……！」

「あら、いいじゃないの。発行部数一〇〇〇万部なんていっても、国民新聞なんて日本国内だけのメディアよ。世界的には何の影響力もないでしょ。WMCにインタビューしてもらったほうがずっと多くの人に見てもらえるわよ」

　国民新聞は何かとホセ・モリタを擁護《ようご》し、インタビューでは彼の一方的な主張を宣伝している。社説では「このように誤解や批判をおそれず信念をつらぬく強力な指導者こそ、現在の日本に必要なのだ」などと書きたて、ホセ・モリタの日本政界への進出をあからさまに応援していた。だからこそホセ・モリタは時刻と船の位置とをあらかじめ計算して、国民新聞社のヘリを呼びつけたのだろう。

Ⅱ

　WMCのヘリコプターは、風と轟音を巻きおこしながらヘリポートに着地した。回転翼がまだ停止しないうちにドアが開いて、ふたつの人影がデッキにとびおりる。ベレーをかぶり、フライトジャンパーにボディスーツという姿の女性だ。

「ミレディ！」

そう叫んだふたりの美少女を見て、私は仰天《ぎょうてん》する。栗色の髪のリュシエンヌと黒い髪のマリアンヌ。パリ市内一六区の薬師寺邸を守っているはずのメイドたちだ。というのは表向きで、マリアンヌは武器の、リュシエンヌは電子機器の、それぞれ天才である。

涼子は微笑し、両手をひろげた。ブーツを鳴らして、ふたりが駆け寄り、三人は抱擁《ほうよう》しあった。マリアンヌとリュシエンヌは、美しくて有能だ。ただし涼子を慕《した》い、尊敬している。それが最大の問題点である。

「……ふたりと連絡をとっていたんですか」

「そうよ、やってもらうことがあって、パリから呼んでおいたの」

メイドたちにつづいて、WMCのロゴ入りキャップをかぶった男女がぞろぞろおりてきた。先頭にいるのは三〇代半ばの、黒い髪を短くした健康そうな女性だ。

私も衛星放送で見たことがある。中国系オーストラリア人で、六ヵ国語を自在にあやつるといわれるWMC屈指のニュース・レポーターだ。

「東経九〇度から日付変更線まで、北はヤクーツクから南はインヴァーカーギルまで、二〇億人の視聴者の皆さん、わたくしマーガレット・チャンはいま横浜発香港行の豪華客船クレオパトラ八世号の甲板に立っております！」

最初は英語だった。つぎはおなじ台詞《せりふ》を広東語でしゃべる。広東語の内容は、呂 芳 春《ルイ・ファンチユン》こと貝塚さとみが教えてくれた。

「ホンモノのマーガレット・チャンだあ、あとでサインをもらわなきゃ」

うれしそうな貝塚さとみを見ながら、私ははたと気づいた。怪物の姿がない。あわれなツガの遺体はほとんど貪《むさぼ》り食われ、わずかな残骸がちらばっているだけだ。

私の当惑をよそに、美貌の上司は悠然とマドロス帽をかぶりなおしている。マーガレット・チャンが歩み寄ってマイクを突きつけた。

「あなたのお名前と職業を」

「ヤクシジ・リョーコ。職業は日本の警察官」

「いったいこの豪華客船で何がおこったのですか」

「まだ過去形ではお話しできません。二〇人ほどが怪物に殺され、事件は現在進行中です」

きびきびと、しかもあでやかに涼子は答える。彼女の正体を知らない者全員を魅了《みりょう》してやまない笑顔だ。私はだまされない。だまされないが、それでもつい見とれてしまう。

「すると私たちは、現在進行中の大事件をこの目で見て、全世界に報道できるのですね」

「ええ、WMCの報道に期待しております。あたしはここで日本警察を代表し、かつてラ・パルマ大統領を僭称《せんしょう》したホセ・モリタ氏を重罪犯として世界に告発します！」

「これは大ニュースです。ホセ・モリタ氏の具体的な罪名は？」

「武器の不法所持、ハイジャック防止法違反、公務執行妨害、殺人、殺人未遂、器物損壊、脅迫、監禁、もう算《かぞ》えきれませんわ」

「ハイジャック」には船舶の不法占拠もふくまれるから、涼子はそういったわけである。一言ごとにうなずくマーガレット・チャンに、涼子はさらなる情報を提供した。

「それと、ホセ・モリタ氏は、夫人を事故に見せかけて殺害したことも告白しました。彼は政治的犯罪者という以前に、殺人犯としてラ・パルマ政府に引き渡されることになるでしょう」

「何と！　視聴者の皆さん、これはおどろくべき事実です。日本政府は殺人犯ホセ・モリタ氏をラ・パルマに引き渡すでしょうか。それとも社会正義と国際世論に背を向けて……あ、いや、その前に、ホセ・モリタ氏ご本人の言分《いいぶん》をたしかめてみましょう」

デッキの向こうに、ホセ・モリタがすさまじい形相《ぎょうそう》で立ちつくしているのが見えた。これほどばかばかしい笑劇《ファルス》で、自分の野望の幕がおろされようとは、想像もしなかったにちがいない。いや、そうではない。ホセ・モリタは敗北など認めていなかった。すさまじい形相は、最後の反撃を意図している証《あかし》だった。

「あぶない！　注意して！」

私がどなるのと同時だった。

銀色の巨大な刃が回転する。アイスクリーム・バーの背後に隠れていた怪物がデッキに躍り出た。バーカウンターがまっぷたつに切断される。怪物は明らかに涼子めがけて突進してくる。

「ミレディ！」

叫んだマリアンヌが手首をひるがえす。弧を描いた半自動小銃《セミオートライフル》は、正確に涼子の手ににぎられていた。

「泉田クン、しゃがむ！」

イヤもオウもなく私はデッキに片膝《かたひざ》をついた。涼子は銃を手にしたまま、私の肩に飛び乗る。私は涼子の両脚をささえて立ちあがった。今夜、二度めの肩車だ。

マーガレット・チャンがマイクに向かって何やら絶叫する。室町由紀子は銃を怪物に向けたが、銃は無力だろう。それに気づいて発砲をためらう。

涼子のほうはまったくためらわなかった。おそろしいほどの迅速さと正確さで狙《ねら》いをさだめ、轟然《ごうぜん》と撃ち放つ。

一発、二発、三発……じつのところ算《かぞ》えていられないほどの速射《そくしゃ》だった。怪物の身体に着弾《ちゃくだん》するたび、白い煙が噴きあがり、悲鳴とも着弾音ともつかない異音がひびく。

銀色の不定形生物は激しく身体を伸縮させ、くねり、のたうった。ホセ・モリタは対照的に凝然《ぎょうぜん》と立ちすくんでいる。

「人狼《じんろう》には銀の弾丸。こいつには塩の弾丸。どう、よく効《き》くでしょ」

涼子の高笑いが、私の疑問を氷解《ひょうかい》させた。涼子が怪物に撃ちこんだのは、塩の弾丸だったのだ。変ないいかただが、海水のエッセンスだ。「生きた水銀《ラ・ペノラロスタ》」には致命的だろう。

涼子は怪物の正体を知ると、さっそく防戦と反撃の準備をととのえたのだ。いつもながら、あざやかな決断力である。きわめつけはマリアンヌに塩の弾丸を用意させたことだろう。だが待て、どうやって陸上にいる彼女と連絡をとったのだ。

いきなり銀色の槍が突き出されてきて、私の疑問を吹きとばした。「生きた水銀《ラ・ペノラロスタ》」は苦悶《くもん》しながら身体の一部を可能なかぎり伸ばし、一〇メートルもの槍をつくって、憎むべき敵を突き殺そうとしたのだ。

つづくいくつかのシーンを、残念ながら私は直接、自分の目で見ることはできなかった。

私の肩の上で、涼子がごくわずかに頭をそらせる。銀色の槍が彼女のかぶっていたマドロス帽をつらぬく。涼子がうしなったのは二、三本の頭髪だけだった。そして彼女は顔色も変えず、さらに二発、塩の弾丸を怪物に撃ちこんだのである。

怪物は逃げ出した。全身から白煙が吹き出し、それがプールサイドの照明に反射して、異様な美しさだ。涼子のマドロス帽をつらぬいたまま、くねり、もがき、のたうち、伸縮しつつ移動する。「伸」より「縮」が明らかに多くなり、しだいに小さくなりながら、プールサイドを這《は》い進む。まかれた海水に触れた部分からあらたな白煙があがる。

私の意識をふとばかばかしい空想がかすめた。あの怪物は象や猫のように、自分の死体を人間どもの目にさらすのがいやなのだろうか。

「おお、怪物の最期《さいご》です！」

マーガレット・チャンのナレーションは思いいれたっぷりだった。怪物は白煙をあげつつプールの縁にたどりつき、たいして水音もたてず水中に転落したのだ。

「南米の奥地から出現し、豪華客船クレオパトラ八世号を恐怖のドンゾコに突き落とした銀色の怪物は、いま海水を満たしたプールの中で最期を迎えようとしております。カメラはプールサイドの三ヵ所から、その光景を多角的にお見せいたします」

三人のカメラマンがそれぞれのカメラをかまえてプールサイドを走りまわる。いささか憮然《ぶぜん》として、私は視線を動かした。室町由紀子は両手をにぎりしめて、どこまでもマジメに怪物の最期を見つめている。岸本は、左右から金髪美女に抱きつかれ、「ダイジョーブ、ダイジョーブ、ボクがついてるからね」

と無責任なことをほざいていた。私は、肩の上に乗ったままの涼子に問いかけた。

「いいんですか、これで」

「こんなものでしょ。あとはあたしの知ったことじゃないわ。プールの水をこのままにしておいて後日に分析するなり、海に流してしまうなり、オエラガタに押しつけ、じゃない、まかせればいい。漢方薬の材料で売り出してもいいし」

「そうですか、ところでそろそろおりてください」

「この椅子、射撃するのにすごくいいんだけどな。一〇〇人でも二〇〇人でも撃ち殺せそうな気がするわ」

「だからです。せっかく回復した平和が破れないうちに、ほら、おりて！」

私がさっさとデッキに片膝をつくと、ワガママな女騎士は何やら不平を鳴らしながら、銃をマリアンヌにほうり、しぶしぶミュールの踵《かかと》をデッキに着けた。

プールの向こうで、ホセ・モリタがすわりこんでいるのが見える。座禅《ざぜん》でも組んでいるようなポーズだが、青白い照明を受けた顔はうつろで生気を欠いていた。

「私はてっきり、あなたがホセ・モリタを銀色の怪物に食べさせてしまうもの、と思ってました」

「そのほうがよかった？」

「いえ、そういうわけでは……」

「あんなやつに悲劇的な最期をとげさせてやるほど、あたしは親切じゃないわよ。ホセ・モリタのやつは世界に生き恥をさらすのがお似あいなの。あの詐欺師をサムライだなんてほめそやした愚昧《ぐまい》な支持者ともどもね」

辛辣《しんらつ》きわまる口調だが、めずらしく本気の欠片《かけら》がこぼれ出しているようにも聞こえた。

「この国の政官界に自浄《じじょう》作用なんかはたらかない。思いっきり恥をかかせてやれば、すこしの間だけは首をすくめておとなしくしてるでしょ。あたしが天下をとる前にできるのは、せいぜいそれくらいよ」

Ⅲ

突然だった。ホセ・モリタが奇声を発し、人形《マリオネット》のように不自然な動きでとびあがったのだ。

「あっ、ホセ・モリタが逃げ出しました！」

マーガレット・チャンが大声で実況《じっきょう》する。

「どこへ逃げる気でしょう。かつて彼はラ・パルマを脱出して日本へ逃げこみました。いまやその日本からも逃げ出そうとしています。ですが失墜《しっつい》した独裁者を、クーデター未遂の首謀者を、いったいどこの国が受けいれるというのでしょうか。錯乱した独裁者のミジメな末路が、いま世界二〇億人の視聴者の前にさらけ出されます！」

それが事実であっても、TVカメラのレンズを透《とお》すと、すべてがショーになる。ホセ・モリタはいまや理想的なTVの悪役として、ワルアガキの芸をきわめようとしていた。広いデッキを逃げまどい、めざすはヘリコプターのようだ。パイロットを威嚇《いかく》して夜空の涯《はて》へと逃げ去るつもりだろうか。

息を切らして走るホセ・モリタの前方に、黒いカタマリが出現した。黒いスーツに身をかためた男たちの集団だ。まだホセ・モリタの子分たちがいたのか。

と思いきや。

黒いスーツの男たちは、まるで訓練された私服警官の一団みたいに行動した。ホセ・モリタを前後左右からいっせいに包囲する。腕をつかみ、腰をとらえ、引きずり倒してのしかかった。ホセ・モリタがわめこうがどなろうがおかまいなし、寄ってたかってとりおさえてしまったのである。

男たちのなかで年長の人物が歩み寄ってきた。すでに初老だが骨太《ほねぶと》の鍛《きた》えられた身体つきだ。涼子に向かって鄭重《ていちょう》に一礼する。

「お嬢さま、ご命令どおりにいたしました」

「ご苦労でした」

いかにもご令嬢っぽく、涼子はうなずいてみせる。

「せっかくお嬢さまにお声をかけていただきながら、たいしてお役に立てませんで、一同、恐縮《きょうしゅく》しております」

「ちゃんと最後に役に立ってくれたじゃないの。それより、だれも犠牲になった人はいないでしょうね」

「はい、すべてお嬢さまのご指示どおりにいたしましたので、さいわい負傷した者もおりません」

「ではまた指示するまで、さがっていて」

涼子がかるく手を振ると、男たちはうやうやしく一礼し、ホセ・モリタをかこんでしりぞいていく。

私の視線を受けて、涼子はイタズラっ子の表情をつくった。

「つまりね、この船にはざっと五〇〇名の船客が乗っているわけなんだけど」

「それはまあ知っていましたが」

「そのうち四五〇名はJACES《ジャセス》の社員なのよ」

私は四秒ほど黙っていた。それからいった。

「え⁉」

「だから、いまこの船に乗っている客は、九割がたJACESの社員だっていってるの」

「すると一般の乗客は……」

「そんなの、ひとりもいないわよ。警察官が六名、ホセ・モリタの関係者がざっと五〇名、それ以外は全部JACESの社員。女性社員もいるわ」

私の脳裏でいくつかの情景があわただしく交替した。女性客がすくない、老人がすくない、あやしい男たちの集団、さまざまの奇妙な行動……。

「つまり、この船は事実上あなたが借りきっていたんですか⁉」

「そういうこと」

涼子はうなずいてみせた。私はなお混乱しつつ、ビンボー人らしい質問をした。

「いったい全部で費用はいくらかかったんです？」

「あ、たいしたことないのよ。ざっと一〇〇〇名分、横浜から香港まで四泊五日、インサイド・ステートルームなんてあんがい安いものだし……」

「いくらです⁉」

「怒らなくてもいいでしょ。総額で二億円ていどのものよ。それも公費でなくて、あたしのオコヅカイなんだから」

私はかるいメマイにおそわれた。一時的に地球の重力が狂ったような気分だ。

「それじゃ衛星通信の回線が使用不可能というのも、陸との連絡がとれないというのも……」

「ごめん、全部ウソ」

クレオパトラ八世号を孤立させていた真犯人は、ホセ・モリタでも怪物でもなく、涼子だったのである。私はどうにかデッキに足を踏みしめ、呼吸と口調をととのえた。

「まったく何ということをしてくれたんです。もし陸との連絡がちゃんとついていたら……」

「だから、ちゃんとついてたわよ」

涼子はかるく肩をすくめてみせた。

「船上は異状なし、という定時報告をちゃんとしてたし、あたしとマリアンヌやリュシエンヌ、それにJACES本社との連絡もちゃんとついてたの。ホセ・モリタが国民新聞社に送ろうとしたファクシミリは、なぜかとどかなかったけど」

「なぜか、が聞いてあきれますよ。きちんと連絡をつけて陸から応援に来てもらっていれば……」

「どうなってたの?」

「どうって、もちろん……」

「もちろん?」

わざとらしい涼子の声に、私は絶句《ぜっく》してしまった。なまじ陸から応援が来ていたらどうなったか。怪物のために犠牲が増え、ホセ・モリタの宣伝に利用されただけであろう。

ペドロ・イワモトが両手を振りまわしながら、WMCの花形レポーターに何やらまくしたてている。

「オレはすべてをぶちまけるぞ」とでもいっているのだろう。その横で兵本がしきりにうなずいている。

あらためて私は涼子に確認した。

「つまりこの船をハイジャックしてたのは、ホセ・モリタでなくあなただったんですね。もしそんなことが公《おおやけ》に知られたら……」

「あー、もうお説教はたくさん。だいたい君はお説教以外にあたしにいうべき台詞《せりふ》がいくらでもあるでしょ」

「どんなセリフです?」

「たとえば、一生あなたについていきます、とか、あなたは世界一カッコイイ上司です、とか、あなたのためなら地球のひとつやふたつ滅亡してもかまいません、とか」

「何で私がそんなことを。そもそもあなたは以前から公私《こうし》の別が……」

「うるさい。結果オーライ。終わりよければすべてよし。勝てば官軍！」

涼子が声を張りあげると、どこかへ姿を消していたマリアンヌとリュシエンヌがもどってきて、そろって拍手する。意味がわかって拍手しているのではないと思うが。ふと気づくと、マリアンヌは銃を持っていない。さては海に放りこんで証拠をインメツしたな、と思ったが、確認しようがなかった。

「お涼！」

面と向かって私の上司をそう呼ぶのは、室町由紀子だけだ。長い黒髪を潮風になびかせながら歩み寄ってくる姿を見て、涼子は舌打ち寸前の表情になった。

「あら、お由紀、無事だったの」

「無事で悪かったわね」

「ま、怪物にだってエサを選ぶ権利があるわよね。それで今度はどんなイチャモンつけようってのさ」

「イチャモンではなく、当然の疑問をただすまでです。白状《はくじょう》なさい、あなたは最初からホセ・モリタが何をやらかすか知っていて、それをふせごうとしなかったのね」

「いやあね、猜疑心《さいぎしん》のかたまり」

「ちがうというの」

「もちろんちがうわよ」

「だったらどうして、四〇〇人をこすJACESの社員を、この船に乗りこませていたの。最初からこういう事件がおきることを知っていたからでしょう。ちがうというなら、別の説明がきちんとできる？」

あくまでも平然と涼子は答えた。

「きまってるでしょ。社員旅行よ」

「社員旅行……⁉」

「そうよ。JACESが優秀な社員を香港へのクルージングに招待して、なーにが悪いのさ。それとも、あんた、労働者には旅行する権利もないとでもいうの。産業革命時代のイギリスの資本家じゃあるまいし」

「そんなデタラメ、ＪＡＣＥＳ社員の証言があればくつがえせるわ」

「証言？　何いってんの、ＪＡＣＥＳには、警察にタマシイを売るような裏切り者の社員はひとりもいなくってよ、オーッホホホ！」

　お嬢さん、あなたも警察官です、いちおう。

　室町由紀子が私を見て何かいおうとしたとき、岸本がとてとてと駆けて来た。

「あ、室町警視、葵羅吏子さんは気絶しているところを医務室へ運びこまれました。それから、クルージング・ディレクターの町田さんがお呼びです。船長といっしょにＷＭＣのレポーターにインタビューされるので、立ちあってもらえないか、ということでして。今後、日本の警察やらお役所への対応についてもご教示《きょうじ》を請《こ》いたいのでぜひ、ということでして」

「あら、あたしがいこうか」

　涼子の声を、由紀子がさえぎった。

「わかったわ、すぐに行きます」

　お涼にまかせたらどんなことになるか知れたものではない。目つきで露骨《ろこつ》にそういって、由紀子は岸本とともに立ち去った。立ち去る際、岸本は愛想よく涼子と私に一礼したが、いつのまにやら多少の仕事はこなしていたようで、どうもやはりこの男を軽く見るべきではないようだ。

　さらに私としては、町田氏も涼子としめしあわせた仲間だったのではないか、と、カングりたくなったが、それより重要なのは、この事件とＪＡＣＥＳとの関係がどうなっているのか、という点である。涼子の説明を聞かねばならない。

「つまりさ、ラ・パルマの新政府はずっと日本政府にホセ・モリタの送還を要求していたわけ。でも日本政府はまったく応じようとしなかった」

「援助金の不正に関しては、もろに共犯ですからね」

「それでラ・パルマ政府は日本政府は見かぎって、

JACESに依頼してきたわけなのよ」

「ホセ・モリタを拉致《らち》して、ラ・パルマに送りこめというんですか」

「ホセ・モリタ本人はもうどうでもいいのよ。逮捕だの送還だの裁判だの、メンドウなだけだから。ラ・パルマ政府にとっては、七億五〇〇〇万ドルのおカネのほうが、ずっと重大なの。それさえ奪《と》りもどせば、一文なしになったホセ・モリタに用はない」

「なるほどね。七億五〇〇〇万ドルの奪還を依頼してきた、と」

「そう」

「タダなわけがありませんよね。手数料はどれくらいなんです」

「たった八パーセント」

「それでも、ええと、六〇〇〇万ドルになるじゃないですか！」

豪華客船一隻をまるごと借り切るのに二億円かかったとしても、廉《やす》いものだ。企業としては大幅な黒字、しかもラ・パルマの新政府に貸しもつくることができる。旨味《うまみ》たっぷりのビジネスだが、公務員である涼子が一私企業の便宜《べんぎ》をはかってもよいのか。

私の疑問を、涼子は一笑に付《ふ》した。

「いっとくけどさ、あたしをこの船に乗せたのは警視庁《けいしちょう》の上層部よ。たまたまJACESのビジネスとかちあっただけじゃないの」

「たまたまね……」

火を消そうとして、水のつもりでガソリンをかけてしまう人々。それがわが警視庁の上層部なのであった。アヤマチの結果は、彼ら自身でシマツをつけるしかなさそうである。

ここでふたりのメイドが「ミレディ」に報告した。姿を消していた間に、彼女たちは任務をはたしたのだ。リュシエンヌはあっさりとホセ・モリタのコンピューターのパスワードを解読し、七億五〇〇〇万ドルの隠し財産をよその口座に移してしまった

のである。報告を受けた涼子の笑顔は会心《かいしん》のものだった。

「七億五〇〇〇万ドルをラ・パルマの新政府に、そこから六〇〇〇万ドルをJACESの口座に、移転完了。これでホセ・モリタは一文なしというわけ」

ちなみに、パスワードは「ヤマトナデシコ」だったそうだ。「やれやれ」というか「やっぱり」というか……。

「リュシエンヌにもマリアンヌにも、ゴホウビをあげなくてはね」

そういって女王さまは、左右の腕でふたりの可憐《かれん》な「戦いの乙女《ワルキューレ》」をかかえこんだ。理非《りひ》善悪はともかく、じつに絵になる光景だった。

Ⅳ

「ジミな事件だったけど、ま、ちょっとしたヒマつぶしにはなったわね」

「ジミですか」

「だって船も沈まずにすんだし、救命ボートで逃げ出す必要もなかったし、ほんとは香港の夜景をバックに、盛大な花火をあげたかったのになあ」

それは豪壮華麗な光景だと思うが、宴《うたげ》のあとがどうなることやら。今回の事件だって、涼子の好みからいえばジミかもしれないが、あとしまつは充分以上にオオゴトである。

人声と足音がした。JACESの社員たちにかこまれて、ホセ・モリタがやって来る。手錠をかけられ、腰にはロープを巻かれてその端はJACESの社員につかまれたみじめな姿だが、気にしたようすもない。何やら目つきが変だ。

「ああ、涼子サマ」

陶然《とうぜん》たる声をあげて、ホセ・モリタはひざまずき、涼子のミュールに頬をすり寄せた。

「ホセめがまちがっておりました。涼子サマこそ、ホセめの理想の女王サマ。永遠に忠誠を誓います。

犬とお呼びくださいませ」

涼子は舌打ちした。

「サドかと思えばマゾ。変幻自在《へんげんじざい》の名優ってことは認めてあげてもいいけど、あんたはあたしの理想の臣下じゃないのよ。ラ・パルマでも日本でもいいから、刑務所で修行して出なおしなさい。生きているうちに出られればの話だけどね」

涼子の毒舌《どくぜつ》を、ホセ・モリタは頭上に受け流す。

「ホセめは涼子サマといっしょなら、たとえ地獄のハテまでもいといません、すりすり」

「来なくていい、来なくて。来るな」

「ああ、そのつれなさがタマラナイ。涼子サマ、ふたりしてこの平和ボケした成金国家を乗っとろうではございませんか。涼子サマは大統領。ホセめは副大統領兼秘密警察長官。ホセめはどんな悪評をこうむろうと、涼子サマの敵をことごとくかたづけてさしあげます」

「あたしの敵は、あたしが自分でかたづけるわよ。あんたの手なんか借りる必要ないわ。おさがり、下郎《げろう》!」

涼子はホットパンツから伸びた脚を振りあげ、振りおろした。股間に落雷をあびて、たちまちホセ・モリタは悶絶《もんぜつ》する。意識のない顔は、それでもマゾの幸福に満ちているようだった。

せきばらいして、WMCの花形レポーター、マーガレット・チャンが、無慈悲な女王さまにマイクを突き出す。

「いかがでしょう、ミス・ヤクシージ、今回の事件を総括《そうかつ》していただければありがたいのですが」

あでやかにほほえんで、涼子は一言。

「日本の女をなめないでいただきたいわ」

「……貴重な御意見ありがとうございました」

深く深く頭をさげたWMCの花形レポーターは、気をとりなおしたようにTVカメラに向きなおった。

「さて、二〇億人の視聴者の皆さま、ミス・ヤクシージに総括していただきましたが、じつはこの事件、まだ終わってはいないのです。いや、むしろ波紋はこれから拡大する一方だと申せましょう。何となれば」

　マーガレット・チャンがＴＶカメラに向かってメモ帳らしきものを差し出す。思わず私は目と口を丸くする。それは涼子が葵羅吏子から無法にも強奪した、ホセ・モリタの秘密献金のリストであった。涼子はそれをＷＭＣの手に渡してしまったのか。

「このメモ帳には、日本の有力な政治家や官僚の名前と、金額や日付と思われる数字が明記してあります。ホセ・モリタの秘密献金のリストであることはまちがいありません。日本の政官界は今後、大きく揺れ動き、多くの有力者が自分の潔白を証明せねばならなくなるでしょう」

　駆けもどってきた室町由紀子が、涼子の腕をつかんだ。

「お涼、あのリストは重要な証拠品でしょう。容疑者ですらない人たちの名をマスコミに公開していいの⁉」

「あたし、知らないもん。うっかり落っことしたのを、ＷＭＣのレポーターがひろって返してくれないだけだもん」

「そんな小学生みたいな弁明が通るとでも……」

「待ってください、室町警視」

　憤然としてつめよる由紀子と、夜空に向かってうそぶく涼子との間に、何とか私は割りこんだ。

「ちょっと失礼します。室町警視、こちらへ」

　涼子はサイギの目で私を見たが、口に出しては何もいわなかった。私は由紀子をデッキの端へつれていった。

「どうしてとめたの、泉田警部補。捜査上も人権上も、お涼のヤリクチは問題だらけよ」

「私も最初はそう思いました。ですが、ふたつの点で薬師寺警視のヤリクチを肯定《こうてい》せざるを得ないんです」

由紀子は眼鏡《めがね》ごしに私の表情を見つめ、声をひそめた。涼子との距離は一〇メートルほどあるので、普通の声でも話はできるのだが。

「説明してくださる？」

「もちろん。まず第一に、薬師寺警視はこの件を私《し》的《てき》な脅迫のネタに使わない、という点です。リストまるごとWMCに渡して、衛星放送の画面に公開してしまったんですからね。政治家にも官僚にも、口どめ料や交換条件を持ち出す余地がない。そうでしょう？」

「第二は？」

「私たち全員の安全ということです」

「わたしたち全員……」

由紀子はつぶやき、何かに気づいたように表情を一段と引きしめた。

彼女の肩ごしに、岸本の姿が見える。ダンサーたちといっしょに、喜々《きき》としてWMCのインタビューに応《こた》えている。いちおうあの男も「私たち」のひとりだ。それに、マリアンヌやリュシエンヌと挨拶をかわしている貝塚巡査。フランス語もできるとはおそれいった。すこし離れて、いささかテモチブサタに女性たちを見守っている阿部巡査……。

「そういうことです。一部の関係者だけが秘密を知っているとしたら、その一部の関係者を抹殺《まっさつ》してしまえば秘密が守れます。ですがWMCの衛星放送の画面で世界に公開されてしまったら……」

「ええ」

「二〇億人を抹殺はできないわね」

私と同様、由紀子も、日本における政官界のスモッグにおおわれた歴史を想《おも》い起こしたにちがいない。疑獄《ぎごく》や汚職事件のつど、これまで何人の関係者が謎の「自殺」や「事故死」をとげたことか。この国の政官界に自浄作用などはたらかない。まったく涼子のいうとおりだ。思いきり恥をかかせて、すこしの間だけおとなしくさせるしかない。そんなことが永遠に通用するものではないだろうが。

「泉田警部補のいうことはよくわかりました」

由紀子の声には、溜息の成分が、かなりの量ふくまれていた。彼女をひとまず納得させたからといって、私にしても、はしゃぐ気分にはなれなかった。

「でも、泉田警部補」

「でも？」

「でも、お涼はほんとにあなたとおなじことを考えて、ああいうことをやったのかしら。単に騒ぎを大きくして楽しんでいるだけかもしれない……」

私は即答できなかった。私は自分の頭脳と常識の範囲内で、もっとも合理的な解答を出したつもりだ。だが涼子のキャラクターが、私の理解できる範囲におさまっている保証はどこにもない。むしろ今日までの事蹟《じせき》のかずかずは、その逆であることを雄弁《ゆうべん》に物語っている。

「そういわれると一言もありません。私が申しあげたのは分析ではなくむしろ願望ですね」

おどろいたことに、由紀子は微笑した。

「気にしないで、泉田警部補。わたしもおなじ願望を抱いているから。わたしにはとてもお涼みたいなマネはできないけど」

私は何とか由紀子の好意的な態度に応《こた》えたくなった。

「『ドラよけお涼』は劇薬《げきやく》を使って病原菌を退治しようとします。おなじ医者でも、あなたとはタイプがちがうでしょう。あなたはあなたにしかできないやりかたで、『ドラよけお涼』を見返してやってください」

あまりえらそうなことをいったら、こちらが笑われる。由紀子はまた笑ったが、ありがたいことに嘲笑ではなかった。

「ありがとう、気長に辛抱強《しんぼうづよ》くやることにするわ」

それはもちろん、彼女自身が直面せざるをえない、警備部の裏金スキャンダルのことであった。

「もういいでしょ。いつまでも何を密談してるのよ」

ミュールの踵《かかと》を鳴らして、由紀子と私の間に涼子が割りこんできた。

「薬師寺警視のなさったことは答えがあった。私には答えがあった。

「薬師寺警視のなさったことは正しい、と室町警視に申しあげていたところですよ」

「あきれた、わざわざ話しあわないと、あたしの正しさがわからないの。臣下の道にはずれてるわよ」

「共通の認識を持つために、たまには話しあうのもいいものですよ」

いいながら私は気づいた。涼子の着ているパーカの襟が大きく開いて、Tシャツにつつまれた胸の左側があらわになっている。そこにつつましく飾られたものがあった。

それは錫《すず》でつくられたフクロウのブローチだった。今日の午前中、私が涼子にプレゼントした（させられた）ものだ。

唐突《とうとつ》に思い出した。フクロウは「戦いの女神《アテナ》」の聖鳥《おっかい》であることを。だからといって、何がどうということでもないはずだが。


「見て、船が来る」

由紀子が暗い海上の一点を指さした。赤い灯が点滅しながらすこしずつ大きくなってくる。

「海上保安庁の巡視船よ」

予定どおりとでもいいたいのだろう、つまらなさそうな涼子の声だった。

「で、泉田クン、どうする？　あの連中が船に乗りこんできて、一から捜査をはじめて、解放してくれるまでディナーを延《の》ばすの？」

「その順序はいただけませんね」

「じゃ、どうするのよ」

私は涼子と由紀子の顔を見やった。

「船が沈没せずにすんだことだし、祝杯《しゅくはい》でもあげましょう。保安庁の面々が尋《き》きたいことがあるなら足を運んでもらうことにして」

「君もすこしは進歩したみたいね。じゃ、みんなに声をかけていこうか。あ、お由紀も来たいなら来てもいいわよ」

「そうさせてもらうわ」

素直《すなお》な由紀子の声に、涼子はさして意外そうでもなくうなずくと、私の腕に自分の腕をからめて、「みんな」の方向へ颯爽《さっそう》と歩き出した。

参考資料

クルーズ100問100答　海事プレス社
気軽に楽しむ客船旅行　風濤社
栄光のオーシャンライナー　ワールドフォトプレス
ユーロマフィア　新潮社
豪華客船新時代　毎日新聞社
豪華客船クルーズ　日本経済新聞社
豪華クルーズの旅　日本交通公社
豪華客船物語　六興出版
妖怪魔神精霊の世界　自由国民社
世界謎の10大事件　学習研究社
新・トンデモ超常現象56の真相　太田出版

●**「クレオパトラの葬送」**は、いかがでしたか？
「クレオパトラの葬送」についてのご意見・ご感想、および**田中《たなか》芳樹《よしき》**先生へのファンレターは、次のあて先にお寄せください。

〒112-8001　東京都文京区音羽2-12-21
講談社　文芸図書第三出版部
「クレオパトラの葬送」係
または
「田中芳樹先生」

N.D.C.913　212p　18cm

クレオパトラの葬送《そうそう》　薬師寺涼子《やくしじりょうこ》の怪奇事件簿《かいきじけんぼ》

二〇〇一年十二月二日　第一刷発行

KODANSHA NOVELS

定価はカバーに表示してあります

著者—田中芳樹《たなかよしき》

発行者—野間佐和子

発行所—株式会社講談社

東京都文京区音羽二-一二-二一

郵便番号一一二-八〇〇一

編集部〇三-五三九五-三五〇六

販売部〇三-五三九五-五八一七

業務部〇三-五三九五-三六一五

印刷所—豊国印刷株式会社

製本所—株式会社国宝社

ISBN4-06-182197-0（文三）

KODANSHA NOVELS 講談社ノベルス

一目瞭然の本格ミステリ 動かぬ証拠 蘇部健一

第11回メフィスト賞受賞作!! 銀の檻を溶かして 薬屋探偵妖綺談 高里椎奈

ミステリー・フロンティア 黄色い目をした猫の幸せ 薬屋探偵妖綺談 高里椎奈

ミステリー・フロンティア 悪魔と詐欺師 薬屋探偵妖綺談 高里椎奈

ミステリー・フロンティア 金糸雀が啼く夜 薬屋探偵妖綺談 高里椎奈

ミステリー・フロンティア 緑陰の雨 灼けた月 薬屋探偵妖綺談 高里椎奈

ミステリー・フロンティア 白兎が歌った蜃気楼 薬屋探偵妖綺談 高里椎奈

ミステリー・フロンティア 本当は知らない 薬屋探偵妖綺談 高里椎奈

書下ろしスペースロマン 女王様の紅い翼 高瀬彼方《かなた》

書下ろし宇宙戦記 戦場の女神たち 高瀬彼方

書下ろし宇宙戦記 魔女たちの邂逅 高瀬彼方

平成新軍談 天魔の羅刹兵 一の巻 高瀬彼方

平成新軍談 天魔の羅刹兵 二の巻 高瀬彼方

第9回メフィスト賞受賞作! QED 百人一首の呪 高田崇史《たかふみ》

書下ろし本格推理 QED 六歌仙の暗号 高田崇史

書下ろし本格推理 QED ベイカー街の問題 高田崇史

書下ろし本格推理 QED 東照宮の怨 高田崇史

論理パズルシリーズ開幕! 試験に出るパズル 千葉千波の事件日記 高田崇史

乱歩賞SPECIAL 明治新政府の大トリック 倫敦暗殺塔 高橋克彦

怪奇ミステリー館 悪魔のトリル 高橋克彦

長編本格推理 歌麿殺贋事件 高橋克彦

書下ろし歴史ホラー推理 蒼夜叉 高橋克彦

空前のスケール超伝奇SFの金字塔 総門谷 高橋克彦

超伝奇SF 総門谷R 阿黒編 高橋克彦

超伝奇SF・新シリーズ第二部 総門谷R 鵺篇 高橋克彦

超伝奇SF・新シリーズ第三部 総門谷R 小町変妖篇 高橋克彦

長編伝奇SF 星封陣 高橋克彦

書下ろし超古代ファンタジー 神宝聖堂の王国 竹河 聖

書下ろし超古代ファンタジー 神宝聖堂の危機 竹河 聖

超古代神ファンタジー 海竜神の使者 竹河 聖

KODANSHA NOVELS 講談社ノベルス

長編本格推理 匣の中の失楽　竹本健治

奇々怪々の超ミステリ ウロボロスの偽書　竹本健治

『偽書』に続く迷宮譚 ウロボロスの基礎論　竹本健治

京極夏彦「妖怪シリーズ」のサブテキスト 百鬼解読――妖怪の正体とは？　多田克己

異形本格推理 鬼の探偵小説　田中啓文

書下ろし長編伝奇 創竜伝1〈超能力四兄弟〉　田中芳樹

書下ろし長編伝奇 創竜伝2〈摩天楼の四兄弟〉　田中芳樹

書下ろし長編伝奇 創竜伝3〈逆襲の四兄弟〉　田中芳樹

書下ろし長編伝奇 創竜伝4〈四兄弟脱出行〉　田中芳樹

書下ろし長編伝奇 創竜伝5〈蜃気楼都市〉　田中芳樹

書下ろし長編伝奇 創竜伝6〈染血の夢〉　田中芳樹

書下ろし長編伝奇 創竜伝7〈黄土のドラゴン〉　田中芳樹

書下ろし長編伝奇 創竜伝8〈仙境のドラゴン〉　田中芳樹

書下ろし長編伝奇 創竜伝9〈妖世紀のドラゴン〉　田中芳樹

書下ろし長編伝奇 創竜伝10〈大英帝国最後の日〉　田中芳樹

書下ろし長編伝奇 創竜伝11〈銀月王伝奇〉　田中芳樹

書下ろし長編伝奇 創竜伝12〈竜王風雲録〉　田中芳樹

驚天動地のホラー警察小説 東京ナイトメア 薬師寺涼子の怪奇事件簿　田中芳樹

書下ろし短編をプラスして待望のノベルス化！ 摩天楼 薬師寺涼子の怪奇事件簿　田中芳樹

異世界ファンタジー 西風の戦記《ゼピュロシア・サーガ》　田中芳樹

長編ゴシック・ホラー 夏の魔術　田中芳樹

長編サスペンス・ホラー 窓辺には夜の歌　田中芳樹

長編ゴシック・ホラー 白い迷宮　田中芳樹

妖艶怪奇な新本格推理 からくり人形は五度笑う　司《つかさ》凍季《とき》

哀切きわまるミステリー世界 さかさ髑髏《どくろ》は三度《みたび》唄う　司 凍季

名探偵・一尺屋遥シリーズ 湯布院の奇妙な下宿屋　司 凍季

名探偵・一尺屋遥シリーズ 学園街の〈幽霊《ゴースト》〉殺人事件　司 凍季

ロマン本格ミステリー！ アリア系銀河鉄道 三月宇佐見のお茶の会　柄刀《つかとう》一《はじめ》

書下ろし長編ミステリー 怪盗フラクタル最初の挨拶　辻 真先

書下ろし本格ミステリー 不思議町惨丁目　辻 真先

KODANSHA NOVELS 講談社ノベルス

冥界を舞台とするアップセット・ミステリー
デッド・ディテクティブ 辻 真先

ウルトラ・ミステリ
A先生の名推理 津島誠司

メフィスト賞受賞作
歪んだ創世記 積木鏡介

まばゆき狂気の結晶
魔物どもの聖餐（ミサ） 積木鏡介

ダークサイドにようこそ
誰かの見た悪夢 積木鏡介

書下ろし鉄壁のアリバイ&密室トリック
能登の密室 金沢発15時54分の死者 津村秀介

書下ろし鉄壁のアリバイ崩し
海峡の暗証 函館着4時24分の死者 津村秀介

書下ろし圧巻のトリック！
飛騨の陥穽 高山発11時19分の死者 津村秀介

書下ろし鉄壁のアリバイ崩し
山陰の隘路 米子発9時20分の死者 津村秀介

世相を抉る傑作ミステリ
非情 津村秀介

国際時刻表アリバイ崩し傑作！
巴里《パリ》の殺意 ローマ着18時50分の死者 津村秀介

書下ろし鉄壁のアリバイ崩し
逆流の殺意 水上着11時23分の死者 津村秀介

書下ろし鉄壁のアリバイ崩し
仙台の影絵 佐賀着10時16分の死者 津村秀介

書下ろし鉄壁のアリバイ崩し
伊豆の朝凪 米沢着15時27分の死者 津村秀介

至芸の時刻表トリック
水戸の偽証 三島着10時31分の死者 津村秀介

第22回メフィスト賞受賞作！
DOOMSDAY—審判の夜— 津村 巧

妖気ただよう奇書！
刻丫卵 東海洋士

落語界に渦巻く大陰謀！
寄席殺人伝 永井泰宇

超絶歴史冒険ロマン
黄土の夢 〈第1部〉明国大入り 著 中嶌正英 原案 田中芳樹

超絶歴史冒険ロマン
黄土の夢 〈第2部〉南京攻防戦 著 中嶌正英 原案 田中芳樹

超絶歴史冒険ロマン
黄土の夢 〈第3部〉最終決戦 著 中嶌正英 原案 田中芳樹

"極真"の松井章圭館長が大絶賛！
Kの流儀 フルコンタクト・ゲーム 中島 望

一撃必読！ 格闘ロマンの傑作！
牙の領域 フルコンタクト・ゲーム 中島 望

21世紀に放たれた70年代ヒーロー！
十四歳、ルシフェル 中島 望

書下ろし新本格推理
消失！ 中西智明

書下ろし長編本格推理
目撃者 死角と錯覚の谷間 中町 信

逆転につぐ逆転！ 本格推理
十四年目の復讐 中町 信

書下ろし長編本格推理
死者の贈物 中町 信

書下ろし長編本格推理
錯誤のブレーキ 中町 信

書下ろし長編官能サスペンス
赤坂哀愁夫人 南里征典

大スケールの
爽快活劇!

5 蜃気楼都市《ミラージュ・シティ》

日本海に臨む美しい学園から竜堂兄弟にSOS！自由で平和な学園を食いものにしようとする奴は誰だ!? 黒い野望を打ち砕け！ 大好評特別編！

6 染血の夢《ブラッディ・ドリーム》

世界を闇から自在に操る四人姉妹《フォー・シスターズ》との直接対決迫る！ アメリカに降り立ったドラゴンたちを待ち受けていたのは!? 新たなる死闘開始！

伝

イラストレーション／
天野喜孝

KODANSHA NOVELS
講談社ノベルス

ノベルス界

11 銀月王伝奇

国際演劇祭で盛り上がる地方都市を訪れた竜堂四兄弟《ドラゴン・ブラザーズ》。獅子座の流星群が現れる夜、初冬の避暑地に何かが起こる!?　謎と怪奇の特別編。

12 竜王風雲録

天界の大騒乱の中で、歴史の狭間に落ち込んでしまった長兄を探し、宋代の中国を旅する西海白竜王。竜王四兄弟は再会を果たせるのか!?

●ノベルス界のスーパースター

田中芳樹

創　竜